つむじ風（下）

HarUo
UmeZaki

JN097576

梅崎春生

P+D BOOKS
小学館

目次

おぼろ月 ――――― 5
風強し ――――― 55
いなびかり ――――― 113
からみ合い ――――― 141
泥仕合 ――――― 176
遁走 ――――― 251

おぼろ月

黄昏《たそがれ》の泉宅のくぐり戸を、陣太郎はあたりを見回しながら、そっとくぐった。

すぐ玄関に行くことはせず、立てかけたバーベルを横眼で見ながら、勝手知ったる他人の家といったおもむきで、のそのそと家の裏手に回った。回り切ったところに窓があって、陣太郎の指がその曇りガラスをこつこつとたたいた。

「誰だ？」

内部から声がした。

「おれだよ」

陣太郎はおうような調子で答えた。

「陣太郎だよ」

「ああ、陣内さんですか」

ガラス窓ががらりとあいて、泉竜之助が顔を出した。長いこと頬杖をついていたらしく、顎から頬にかけて、くっきりと指のあとが残っていた。

「まあ上がりませんか」

「いや、ここでいいよ」

陣太郎は窓枠に肱を乗せ、薄暗い部屋の中をじろじろと見回した。黄昏だというのに、まだ電灯もつけていない。陣太郎は竜之助の顔を見た。

「いったい何を考えごとしてたんだね？」

「え？」

考えごとをしていたことが、どうして判ったのかと、竜之助はいぶかしげな表情になった。

「いろいろと、われわれゲイジュツに志ざす者は、考えることがあるんですよ」

陣太郎が泉湯で貧血をおこしてぶったおれた時、陣太郎と竜之助の会話は対等の言葉使いだったが、いつの間にか竜之助の用語がていねいになったのも、陣太郎が陰に陽にひけらかす『松平家』の効用に違いない。

「アッ。そうそう」

竜之助は膝をぽんとたたいて言った。

「浅利家へ電話かけておきましたよ。ソバ屋に呼出して貰って」

「何と言ってた？」

陣太郎は無表情に反問した。

「ランコおばはん、出て来たか？」

「こちらは松平の家令ですが、と言ったら、おばはんはちょっと言葉使いがかわって、警戒的になりましたよ」

「おれのこと、何と言ってた？」

「若様は時々やってくるし、また泊ることもあるが、しょっちゅうこちらにいるというわけじゃない。そう言ってましたよ」

「ほんとにぬけぬけと嘘を言いやがるなあ。だから女というのは、こわいんだ」

どちらがぬけぬけとしているのか、とにかく陣太郎は空を仰いで長嘆息した。その空にはおぼろ月が出ていた。

「ああいう女の亭主だからこそ、うちでもクビになったんだ」

「亭主というのも嘘つきですか？」

「いや。亭主の方はそれほど悪者じゃない。善良な男なんだが、女ぐせが悪くってね、女中に手を出したりしたもんだから、とうとうおれんちから追い出されたんだ。つまり俗物だよ」

圭介がくしゃみしそうなことを、陣太郎は平然として言った。

「おれは、俗物ってやつが、大きらいだ。ほんとに大きらいなんだ」

「僕も大きらいです」

「せっかく浅利のやつを、復職させてやろうと思ってたんだが、これじゃあ当分ダメだな。全くあいつもバカな女房を持ったもんだよ」

「バカなやつですなあ。その浅利ってやつは」

何も知らないくせに、泉竜之助は相槌を打った。

「僕の周囲も、ごく例外を除いては、俗物ばかりですよ。俗物がうようよ、まるで大腸菌みたい」

「それで今も思い悩んでたのかね」

竜之助の頬に残る頬杖のあとを、じろじろと観察しながら言った。

「そんなにくよくよしないで、おれと一緒に、焼鳥キャバレーにでも行かないか」

「そ、それがダメなんですよ」

竜之助はしょげた顔になり、掌を振った。

「なぜダメなんだい？」

「僕、無一文になっちゃったんですよ」

「へえ。一昨日までたくさん持ってたじゃないか」

「おやじにすっかり取り上げられたんですよ」

「おやじに取り上げられた？　あの恵之助老にか？」

他人のおやじをつかまえて、平気で老呼ばわりを陣太郎はした。

「息子のはした金を捲き上げるほど、恵之助老は貧乏してるのかね？」

「今のところ、それほど貧乏はしてないんですよ」

竜之助は舌打ちをした。

「長期戦にそなえるために、在り金全部を集めて、銀行に預けるつもりらしいです」

「長期戦？」

「ええ。つまり三吉湯との長期戦ですな。長期戦にそなえて、蓄えておこうというつもりらしいですな」

竜之助は情なさそうに頭を垂れた。

「俗物同士の喧嘩ですよ。息子の立場から言いにくいことだけど。どうもあの喧嘩は、高尚と言いかねる。しかも昨日から、食事の内容が大変化した。今朝は味噌汁にタクアンだけ、お昼はメザシだけですよ。栄養がとれなくて、僕はふらふらです。飯だって、米麦半々の麦飯ですよ」

「バクシャリとは倹約したもんだね。なんでそんなにけちけちするんだい？」

「つまり、将来の耐乏生活を見越して、今から身体を訓練して、粗食に慣らしておこうと言うんですな。おやじの見通しでは、これはどうしても値下げ合戦にまで発展すると言うんです。湯銭の値下げですね。採算を無視して、値下げに値下げをつづける。そして早く音を上げた方が、負けという算段です。だから、音を上げないために、今から貧乏生活をやって行こうというわけですよ」

「ふうん。それは大変な覚悟だな」

陣太郎はうなった。

「それじゃ三吉おやじも、それに対抗するための、生活切下げは大変だろうなあ。ウナギは好きだし、自動車は持ってるし、メカケは囲ってるし——」

「え？　何をどうしてるんだって？」

「いや。これはこちらのひとりごとだ」

そして陣太郎は胸をどんと叩いた。

「いつもいつも君におごらせてばかりでは悪い。今日は、おれがおごろう。ついて来なさい」

「おや。お金を持ってるんですか」

「そうだ。今日分家の家令をゆすぶって、一万円ほど提供させたんだ」

「そうですか」

竜之助は顔に喜色を浮かべて、いそいそと外出準備にとりかかった。

二人を乗せたタクシーは、焼鳥キャバレーの前でがたぴしととまった。竜之助が先に車を出た。

「千円でおつりあるか」

猿沢三吉からまき上げた十枚の千円紙幣の、その一枚を運転手にわたし、おつりを握って悠々と陣太郎は車を出た。

日も暮れたちょうどいい時刻だから、盛り場の人の往き来も繁く、赤や青や黄のネオンサインが、てんでに勝手な明滅をつづけている。

「さあ、入るか」

今度は陣太郎が先に立ち、焼鳥キャバレーの階段をとことこ登った。いつもはおごっている身であるのに、今夜はおごられる方に転落したのだから、竜之助はやや面目なさそうに、長身の背を曲げて、陣太郎のあとにつづいた。

キャバレーはほとんど満員であった。

何列にでも並んだ細長い卓の片隅に、やっと空席を見出して、両人は向かい合って腰をかけることができた。

むらがるお客たちの話声、楽隊の響き、その他もろもろの雑音が一緒くたになって、まるで数万のカナブンブンを一部屋に閉じこめたようなにぎやかさである。

近寄って来た女の子に、陣太郎は指を立て、ハイボールとヤキトリを注文した。

「ハイボールはダブルにしてくれ」

竜之助はハンカチで顔を拭きながら、ふと気がついたように、自分の頬骨を指で押さえた。

「おや。おそろしいもんだなあ。栄養不足ができめんに頬骨に出ている」

「いくらなんでも大げさな」

陣太郎がたしなめた。

「君の頬骨は元から出てるんだよ」

「そんなものですかな」

竜之助は不服そうに頬骨から指を離した。

「でも、僕はデリケートだから」

「いくらデリケートでも、二日ぐらいで頬骨が出るほど痩せるわけがない」

やがてハイボールとヤキトリが運ばれてきた。

ヤキトリの皿を見ると、竜之助の眼はぱっとかがやき、ハイボールには見向きもせず、ヤキトリの串にむしゃぶりついた。よほど栄養に飢えていたものと見える。陣太郎はまた低声でたしなめた。

「いずれは松平陣太郎の秘書にもなろうという男が、そんなにがつがつするんじゃない」

先ほどは三吉のおごりのウナ重を、欠食児童さながらにむさぼり食ったくせに、ここでは陣太郎は大きく出た。

しかし竜之助はそのたしなめも聞かず、またたく間に一皿をぺろりと平らげ、やっと人心地ついたらしく、ハイボールに手を伸ばした。

「ああ。やっと力が出た」

ハイボールをあおり、竜之助は慨嘆した。

「明日もまたバクシャリにメザシか。うんざりするなあ」

「長期戦をやろうと言うのに、そんなにひょろひょろした状態で、勝てるもんか。闘争には、まず栄養、健全なる身体が大切だ」

「僕もそう思うし、そう言うんだけど、おやじは聞き入れてくれない。どうも明治生まれの人間のわからずやには、手を焼くですな」

竜之助は指を立てて、またヤキトリを注文しながら、

「昨日、おやじは茶の間に貼り紙をした。見ると、ゼイタクハ敵ダ、と書いてありましたよ。今朝はそれに並べて、欲シガリマセン勝ツマデハ、と貼りつけた」


「欲シガリマセン勝ツマデハ、か」

陣太郎はグラスを傾けながらにが笑いをした。

「そいつは君もつらかろう。同情するよ」

「それだけなら、まだいいですよ」

竜之助はますます悲観的な表情になった。

「おやじは僕に、ゲイジュツをやめろと言うんですよ。ゲイジュツをやめて、せっせと風呂屋稼業に精を出せという。ああ、僕はどうしたらいいんだ」

「文化に対するおそるべき圧迫だな」

「実際無理解なおやじを持つと、息子は迷惑をしますよ。一ちゃんだって同じく——」

「一ちゃん？　一ちゃんって、誰のことだね？」

「いや、なに、これはこちらのひとりごとでした」

竜之助は口の辷《すべ》りをごまかした。

「陣太郎さんのおやじはどうですか。理解ありますか?」

「父上か。そうだな。中くらいだったな。この間死んじまったけれども」

「とにかく三吉湯と泉湯の喧嘩に、子供の僕らがまきこまれるなんて、そんな不合理な話はない!」

竜之助の声は少々激してきた。

「僕らは自主性を確立して、このおそるべき無理解と戦わねばならぬ」

「そんなにむつかしく力まないでも、おやじたちの喧嘩をやめさせりゃいいじゃないか」

そして陣太郎はまた指を立てて、ハイボールを注文した。

「ことのおこりは、将棋だろう。将棋と鮨の食い方だろう。原因がかんたんだから、とりなしようによっては、すぐに元のさやに戻るよ」

「そ、そんなかんたんにいくもんですか」

竜之助は口をとがらせた。

「それにもう、第四三吉湯というやつが、現実に建ちつつある。払いが悪いと見えて、遅々として進まないが、とにかくそれは建ちつつある。原因はかんたんでも、こういう形になってきたからには、衝突は必至ですよ。オマンマの食い上げに関係してくるんだから」

「うん。あの建物がガンだな。今さら取りこわすわけにもいくまいし」

陣太郎は頭を上げて、舞台の方に眼をうつした。今しも舞台上では、裸女が二人、楽隊に合わせて、腰をくねらせながら、蠅のような手付きで脇腹をこすり上げている。陣太郎はしばらくぼんやりと、その腰の動きを眺めていたが、突然顔を竜之助に戻して、もの憂げな声で言った。

「うん。あの第四三吉湯の処分は、何でもないよ。かんたんに解決がつくよ」

「まさか放火して、燃しちまおうというんじゃないでしょうね」

竜之助は声を低くした。

「それなら実は僕も考えた。が、これはいい思いつきじゃない」

「放火なんて、そんなバカなことを、おれが考えるものか」

「では、どういう方法です?」

「あれを劇場にするんだよ」

「劇場?」

ゲイジュツ好きの竜之助は、ぱっと眼をかがやかして、身体を乗り出した。

「うん。劇場だ」

陣太郎はもの憂げにうなずいた。

「今、東京には、良心的な劇を上演する劇場が足りない」

「劇場の数がすくないに反して、公演をしたがっている劇団はわんさとある」

陣太郎はしずかにハイボールのコップをとり上げた。

「しかも劇愛好者、芝居を見るだけじゃなくて、自分でやりたがっている連中、この数は年々歳々増加の傾向がある」

「そ、それはいい考えだ」

泉竜之助は膝をぽんとたたいて、眼をかがやかせた。

「さすがは陣内陣太郎さんだ」

「まだ中途半端にしかでき上がっていないから、そのまま転用できるよ。ボイラー部屋を楽屋に、そして――」

陣太郎は手を上げて、七彩の色にくるめく舞台の方を指差した。

「舞台はつまり風呂場だね。板の間が客席ということになる」

「それじゃあ舞台にくらべて、客席が狭過ぎやしませんか」

「客席なんか狭くってもいいんだよ。あいつらは、芝居をやってさえいれば満足なんだからな。落語の寝床の旦那と同じようなものだ。近頃のお客は利口だから、そんなもの、見に行きゃしないよ」

「ううん」

竜之助はうなって腕を組んだ。

「それは面白い思いつきだけれど、三吉おじさんがうんと言うかしら。お客が来なきゃ、経営がなり立たないというのに」

「バカだな。お客が来ようと来まいと、三吉おやじとは関係ない。三吉おやじは、劇団に舞台を貸して、貸し賃をとるのだ。つまり貸し劇場だね」

「三吉おじさんに、風呂屋をやめて、貸し劇場経営を思い立たせるためには」

「利をもって誘うんだよ。貸し劇場がいかに有利な事業であるか」

陣太郎はハイボールをぐっと干した。

「それと同時にだね、泉湯の方から大攻勢に出て、第四三吉湯をつくるのは不利だということを、三吉おやじに悟らせる必要がある。だから、テレビ攻勢もいいが、さらに一歩進んで、湯賃値下げ攻勢をやるんだな。早いとこやった方がいい。そうすると三吉おやじもあきらめて、劇場に転向するだろう」

「でも、三吉おじさんも、相当に意地っぱりだから、なおのこと態度が硬化しやしませんか」

「うん。その可能性もあるな」

陣太郎は竜之助の前に、ぐっと人差指を立てて見せた。

「最後の手段としては、オドシという手がある！」

「オドシ？」

「そうだ。脅迫だ」

陣太郎は大きくうなずいた。

「人間は誰も弱味を持っている。弱味を持たない人間はない。触られるとギョッとするようなものを人間は誰しも持っているものなのだ」

「そんなものですかな」

「ですかな、とは何だい」

陣太郎はちょっと気分を害して竜之助をにらみつけた。

「たとえば君だって、さっき、何とか言ったな、ああ、一ちゃんか、一ちゃんとはいったい何者であるか、おれは恵之助老に――」

「じょ、じょうだんじゃありませんよ」

竜之助はたちまち狼狽した。

「おやじにそんなことを聞かれちゃ、たちまち僕は勘当されてしまう」

「それ見なさい」

陣太郎は得意そうに指をぱちんと鳴らした。

「君だって、ちょっとつつけば、すぐに弱味が出る。生活の表面の弱味、精神の深部の弱味、人間はいろいろの弱味を持っている。君だって、恵之助老だって――」

「はて、おやじにも弱味があるかな？」

「あるさ、もちろん」

陣太郎は言葉に力をこめた。

「弱味があるのに、自分に弱味はひとつもないと言った顔で生きているのが、一般の人間だ。つまり俗物というやつの生き方だね。そうしないと、俗物は生きていけない。たとえばあの三吉おやじも、むこう気は強そうだが、実のところ、中途半端な弱味人間だ」

「しかし」

竜之助は口をはさんだ。

「三吉おじさんの弱味を、どうして見つけ出すか。見つけ出したとしても、どういう具合にそれをつつくか」

「それは君自身、やればいいだろう」

陣太郎はそっけなくつっぱねた。

「おれは君に、人間の原則を示してやっただけだ」

「人間は誰も弱味があるというけれど」

つっぱねられたものだから、竜之助は少しいきり立った。

「では、陣内さん、あなたにも弱味があるわけですね」

「うん。おれにあるのは、弱味というもんじゃない」

「じゃあ、ないというんですか？」

「この間まで、おれは皆と同じように、中途半端な弱味人間だった」

ハイボールが回ってきたのか、陣太郎の眼はきらきらと光り始めた。

「そしておれは、自分の弱味をかくそうと、あるいはなくそうと、毎日あがいていた。しかしそれはムダだと、ある日のある時、おれは忽然として気がついたのだ。そして、おれは自分の強味を全部ふりすてて、弱味だけの人間になろうと決心した。その瞬間に、おれは俗物でなくなった。おれは弱味のかたまり、弱味そのものになった」

「でも、お見受けしたところ、あなたはずいぶん強そうな性格に見えるんだがなあ」

「それはそうだ」

陣太郎は自分の唇をなめた。

「トランプのある遊びで、マイナスを全部集めたら、とたんにそれがプラスになるやつがある。日本の花札にもあるな。素《す》十六というのがそれだ」

「素十六？」

「そうだ。カス札ばかりを十六枚集めると、それを素十六といって、とたんに強力な役になるのだ。だから、おれの弱さは、素十六だよ。すなわちおれは、素十六の陣太郎だ！」

酔いのせいか、陣太郎はぺらぺらと早口になり、魚眼のような双の眼は、あやしい艶をたたえてぎらぎらと光った。

「人間も、思い切って素十六になれば、もうこわいものはない」

「素十五というのはないんですか？」

「そ、そんなものはない」

陣太郎はなぜかぎょっとした風に身を慄わせた。

「カス札を十五枚集めて、あと一枚というところで勝負が終ることほど、みじめなことはないよ。おれも度々その経験があるが、あれはほんとに泣き出したくなる」

「劇場はいいなあ。三吉劇場！」

酔いが回ってくるにつれ、泉竜之助の思いはすぐにそこに飛ぶらしく、しきりにそれをくり返した。毎日麦飯とメザシでげっそりしていた竜之助も、ハイボールの刺激とヤキトリ数十本の摂取により、すっかり元気を取り戻したようである。

「こけらおとしには、誰を呼ぼうかなあ」

まるで自分が経営者であるようなことを竜之助は口走った。

「僕が司会をやって、一人一人に祝辞を読んで貰うんだ」

「うん。お前さんなら、司会者に適当だ。背高ノッポだし」

竜之助が浮き浮きしてきたに反し、陣太郎の方は、妙に酔いが沈んでくる様子で、言葉使いも陰鬱な調子を帯びた。素十六談義の反動で、酔いが沈んできたものらしい。

「おれも、誰か、連れてきてやろうか。加納明治なんか、どうだい？」

「え？　加納明治を知ってるんですか？」

「知ってるにも知らないにも、あれはおれの家来みたいなもんだ」

加納明治にまだ会ったこともないくせに、陣太郎は低い声で大口をたたいた。

「ほう。家来ですか？」

「そっくりそのまま家来というわけでもないが――」

柄になく気がさしたか、陣太郎はごまかした。

「何なら紹介してやってもいいよ。二三日中に」

「是非そう願います」

「一両日中に、おれは加納に会う用事がある」

そして陣太郎は腕を組み、少時首をかしげた。

「うん。その時はちょっと都合がわるいな。その次の時としよう。遅くとも四五日中に会わせてやるよ」

「それはありがたい」

竜之助は掌をもみ合わせた。

「それまでに、加納の作品をどっさり読んで、研究しておこう」

「なに、それほどまでしなくてもいいよ。あれにろくな作品はない」

陣太郎は鼻の先でせせら笑った。

「そうだな。その時お前さんを、おれの秘書として紹介しよう。その方が便利だし、事がスムーズにいく」

「秘書でも何でもいいですよ。加納明治。ああ、三吉劇場！」

「そんなに浮かれるな」

陣太郎は眉をひそめてたしなめた。

「この計画は、誰にも口外してはいけないよ。胸にたたんでおくんだ。恵之助老にもだぜ」

「判ってます」

「さっきの、何とか言ったな、一ちゃんにもだぞ」

陣太郎は釘をさした。

「君はどうも、酔っぱらうと、軽佻浮薄になる傾きがあるようだな。当分酒をつつしむんだね。そして対三吉戦にいそしむんだ」

「判ってます」

「湯銭値下げも、早いとこやった方がいいよ」

最後のハイボールを飲み干して陣太郎はふらふらと立ち上がった。

「どうして俗物ってやつは、つまらないことで、あんなにいがみ合うんだろうなあ。まったく退屈な話だ」

泉宅の夜の茶の間に、泉恵之助はチャブ台の前にあぐらをかき、メザシを肴にして焼酎を飲みながら、紙に鉛筆で何かしきりに計算していた。

この間までは、マグロの中トロか何かを刺身にして、特級酒の盃を傾けていたのであるから、メザシに焼酎とはずいぶん下落したものである。

「うん。大体この位の線か」

恵之助は鉛筆を置き、そうひとりごとを言いながら、まずそうにコップの焼酎をすすった。

「ここらが最低線ということにして、作戦を立ててみよう」

恵之助の坐っている位置から、窓を通して月が見えた。月はおぼろにかすみ、そのおぼろな光線を、あまねく地上に降らしていた。泉宅のくぐり戸にも、そのおぼろな光は落ちていた。

今しも伜の竜之助は、背を曲げてそのくぐり戸から忍び入った。

「もう親爺のやつ、寝たかな?」

ほとんど毎夜のことなので、竜之助の忍び入り方は堂に入っている。

音もなく玄関に忍び入り、扉をしめてかけ金をおろす。そっと靴を脱ぎ、土間に置く。まるで無声映画の人物のように音を立てない。廊下に上がる。伊賀の忍者みたいに巧妙に歩く。どの板のどの部分を踏めば、どんな音を発するか、ということまで熟知しているのだが、今夜は少しハイボールを過ごしたので、そこらをちょいと踏みそこねて、茶の間の前のところで、不覚にも廊下の板をギイと鳴らした。

「誰だ！」

障子の向こうから恵之助の声が飛んできた。

「竜之助か？」

「はい。ただいま」

声をかけられては仕方がない。余儀なく竜之助はあいさつをした。

「少々遅くなりました」

「なにが少々だ。今何時だと思ってる」

恵之助は舌打ちをした。

「こちらに入って来なさい」

「はい」

度胸を定めて障子をあけ、竜之助は茶の間に入った。

「おや。もう十二時過ぎですね。僕はまだ十一時頃かと思ってた」

「なにが十二時過ぎだ。時計を見ろ。十二時五十二分じゃねえか。一時前というもんだ」

恵之助は上目使いに、じろりと伜をにらみつけた。

「おや。お前、酔っぱらってるな。お前には確か金はない筈だが、どこでくすねた？」

「くすねた？　じょ、じょうだんでしょう。人聞きの悪いことを言わないでくださいよ」

竜之助は不服げに口をとがらせた。

「おごって貰ったんだよ」

「おごって貰った？　誰に？」

「陣太郎さんという人にだよ。そら、この間、うちの板の間でぶったおれた――」

「あんまり変な男と遊ぶんじゃねえよ」

「変な男じゃないですよ。あれでもれっきとした」

「お種さんの話じゃ、あんまりいい服装をしてなかったというじゃないか」

恵之助はまた伜をにらんだ。

「そんな風来坊に、豚カツなんかをごちそうしやがって」

「いや。あの陣太郎さんは、あれでもれっきとした松平家の御曹子なんだよ」

「なに。松平の御曹子だと？」

泉恵之助は膝を立てた。

「そんな御曹子ともあろうものが、どうしてきたない服装で、ここらをうろうろしてるんだ？　それに銭湯でぶったおれるような醜態を」

「あ、あの人は猫舌なんだよ。全身猫舌だもんだから、泉湯の熱湯に辛抱できなかったんだ。身分の高い人は、いろんな関係で、たいてい猫舌になるんだってさ」

竜之助は掌を交互に振って、懸命に陣太郎を弁護した。

「服装があまり良くないのは、あの人、この頃、家出をしたんだって」

「家出？　何で家出したんだ？」

「相続問題がこじれて、面白くないからだってさ。それに、京都の十一条家の娘と見合いさせられそうなんで、たまりかねて飛び出したんだよ。やはりあんな家柄になると、僕らには判らないようなことが、いろいろあるらしいよ」

「ふうん」

恵之助は半信半疑の面もちで、焼酎のコップを口に持って行った。泉湯は代々のしにせで、江戸時代から続いているのだから、その血をうけた恵之助老は、松平とか徳川などの家柄には、人並以上の関心を保有しているのである。焼酎をまずそうに飲み下しながら、恵之助はつぶやいた。

「ふん。松平の御曹子ねえ」

「お父さんの焼酎の飲み方は、実にまずそうだねえ」

竜之助はチャブ台の上の計算紙をのぞき込んだ。

「それは何？　肴がないもんだから、算数の練習でもしてたの？」

「ばか。肴はここにあるぞ」

恵之助はメザシをつまみ上げてこれ見よがしに、頭からがりがりとかじった。

「生活の計算をしてたんだ」

「生活の計算？」

「うん。そうだ。風呂の水道料、燃料費、人件費、それにわしらの生活費をにらみ合わせてだな、泉湯の湯銭を最低いくらにまで値下げできるか、それを計算してみたんだ。計算するのに、一時間余りかかったよ。算数なんてものじゃなく、高等数学だからな」

「高等数学？」

竜之助はあわてて口を押さえた。

「それで、いくらにまで値下げできるの？」

「十二円だ！」

恵之助は昂然と言い放った。

「特級酒を焼酎に、中トロ刺身をメザシに切換えて、つまり生活費をぎりぎりに絞っての計算だ」

「メ、メザシ？」

竜之助はたちまち悲痛な声を発した。

「も、も少し絞りをゆるめて、湯銭を十三円ぐらいにして、メザシだけはかんべんして貰えないかなあ」

「ダメだ！　中途半端なことじゃあ、とても戦には勝てない。わしはメザシから梅干への切下げも考慮している！」

「梅干？」

竜之助は泣きべそ顔になった。

「そ、それで、いつから値下げをするの？」

早急に値下げをしろと、あれほど陣太郎から慫慂《しょうよう》されたのも忘れて、竜之助は情ない声で嘆願した。

「実施はできるだけ遅い方がいいなあ。でないと、僕は栄養失調になっちまうもの」

「なに。栄養失調になる？」

泉恵之助は伜の竜之助をにらみつけた。焼酎の酔いで、恵之助の顔もかなり赤くなっている。

「冗談を言うな。メザシなんて、大した栄養食品だぞ。あれはもとは鰯で、鰯という魚は、魚の中で一番栄養価が高いって、この間の新聞の家庭欄に出ていた」

「しかしナマの鰯とメザシとでは――」

「いや。それはメザシの方が上だ」

自信ありげに恵之助は断言した。

「メザシというやつは、天火に乾された関係上、日光からたくさんビタミンAを吸い込んでいる。それに骨や頭までガリガリ食えるから、カルシュームの補給にはもってこいだ」

「でも、メザシはかさかさしていて――」

竜之助は必死に抗弁した。

「あぶらっ気が全然ないもの。あれじゃあとても元気が出ないよ」

「あぶらっ気というのは、脂肪分のことだ」

どこで勉強したのか、栄養学にかけては、恵之助老はなかなかあとに退かない。

「脂肪というのは、人間の身体には大敵だ。ことにわしのように、心臓の弱いものにとっては、脂肪分は非常に悪い。心臓のまわりに脂肪がくっついて、心臓の働きが鈍るのだ」

「お父さんは心臓が悪いから、脂肪分は悪いかも知れないけど、僕は心臓は悪くないんだよ。それにボディビルをやっている関係上――」

「ボディビルなんか、止めればいいじゃないか。実際あんなムダな精力の浪費はない」

恵之助はあっさりと断定した。

「それに、お前は心臓は悪くないと言ってるが、よく考えてみなさい、お前はわしの一人息子だよ。お前のおじいさんは、狭心症で死んだ。お前のお父さん、つまりこのわしのことだな、これも心臓が非常に弱い。だから血筋として、お前も心臓が悪くなるにきまっている。だから今から用心して――」

「でも、お父さんは、この間まで、毎日マグロのトロを――」

「だから、その非を悟って、メザシに転向したのだ！」

恵之助はどしんとチャブ台をたたいた。

「それ以上つべこべと言うなら、メザシをやめて、梅干にしてしまうぞ」

竜之助はしぶしぶと沈黙した。これ以上言いつのって、梅干に切り下げられてはかなわない。

「時にお前に、是非行って貰いたいところがある」

焼酎を口に含んで、恵之助は本題を切り出した。

「行くだけじゃなくて、偵察だな」

「偵察？　どこへ？」

「三吉湯だよ、もちろん」

三吉湯という言葉を口にしただけで、恵之助の額にはもりもりと青筋が立った。

「三軒ともだよ。一日で三軒回ってもよろしいが、一日一軒、三日がかりでもいい」

メザシの頭を、さも憎しげに、恵之助はガシガシと噛んだ。

「情報によると、あの三吉のくそ爺、板の間に縁台を置き、将棋盤の設備をしたそうだ。これは明かに組合の申し合わせ違反だ」

「だって、お父さんもテレビを――」

「うちのテレビは、正当防衛だ」

恵之助は伜をきめつけた。

「法律でも、正当防衛は、罪にならない。テレビでもつけねば、たちまちお客が減って、わしたちはオマンマの食い上げとなる。立派な正当防衛だ」

「テレビに対抗するに将棋盤とは、何としみったれた奴だろうなあ」

泉恵之助は、わざとらしい憫笑の色を頰に浮かべ、コップの焼酎をぐっと飲んだ。

「といっても、将棋だってバカにならない。世の中には、将棋好きも多いからな。だからお前は三吉湯を回って、どのくらいお客が将棋盤にとりついているか、それを偵察してきて貰いたいのだ」

「いやだなあ、そんな役目」

竜之助は掌で空気を押し戻すようにした。

「だってお父さんは、先だって、三吉おじさんはもちろん、その家族に対しても、口をいっさいきいちゃいけない、そっぽ向けって、そう厳命したじゃないの」

「偵察するのに、口をきく必要はない！」

恵之助はきめつけた。

「偵察といっても、のぞきじゃないよ。うっかりのぞいてると、交番に連れて行かれるからな。堂々と十五円を出して、お客として入るんだ」

「三吉おじさんが拒否したら？」

「拒否はできない。わるい病気とか酔っぱらいなら、入湯拒否はできるが、正常で健康な人に対しては拒否できないのだ。いくら三吉がくやしがっても、できないんだ。だからそっぽを向いて、十五円払い、堂々と入湯して来い。何なら浴槽の中で、そっとウンチをしてもいいよ。臭いから、たちまち三吉湯のお客は減るだろう」

特級酒とちがって、焼酎は悪酔いするらしく、恵之助老はとんでもない発言をした。

「そんなムチャな——」

竜之助もさすがに呆れて嘆息した。

「うん。それはちょっと行き過ぎかも知れないな。それは最後の手段に取っとこう」

恵之助はあっさりと前言を撤回した。

「そして、将棋の情況をよく偵察してこい。できたら油断を見すまして、王様の駒をかすめ取って来い。王様がなけりゃ、将棋はできないからな」

相当酔いが回ったと見えて、恵之助は大口をあけてばか笑いをした。

「三軒回って、王様を六個集めて来い。王様じゃなくても、飛車や銀でもいい。歩はいけないよ。あれは予備があるから」

「そんなに三吉湯の将棋を敵視しないでも——」

息子としての忠告を竜之助はこころみた。

「うちのテレビで、相当お客が増加したらしいじゃないの。お種さんがそう言ってた」

「うん。いくらか殖えたのは事実だが」

恵之助は嘆息の表情になった。

「一面その弊害もあるのだ」

「どんな弊害?」

「お客の平均入湯時間が、ぐんと長くなった。その結果、混み方がひどくなったんだ」

「そう言えば、前よりもずいぶん混んでいるようだねえ」

「入湯時間といっても、浴槽につかっている時間じゃない。板の間で休んでいる時間も含まれる。つまりその、板の間の時間が長くなったのだ。この間のプロレスの時なんか――」

慨嘆にたえぬ表情を恵之助はつくった。

「上がってはプロレスを見、また入り、また上がってはプロレスと、合計六回も入湯したのがいる。出て行く時みたら、掌なんかすっかり白くふやけていた。それでタダの十五円だよ。ひき合った話か?」

浅利家の納戸で、浅利圭介は机の前に坐り、古本屋から買ってきた探偵小説を読みふけっていた。最後の一頁を読み終り、ばたんと巻を閉じると、両手を上に伸ばしてあくびをしながら、ひとりごとを言った。

「ふん。こいつが犯人とは、気がつかなかったな。でも、組立てが、ちょっとインチキだぞ」

その探偵小説をぽんと部屋のすみにほうり、机上の腕時計に眼を走らせた。針は零時五十二分を指していた。

「まだ戻って来ない。いったい何をしてるんだろう。泊ってくるつもりかな。こんな遅いところをみるとあいつ、対猿沢工作に失敗したんだな」

圭介はにやにやと妙な笑い方をしながら、書棚の前から一升瓶を引き寄せ、栓をあけた。書棚の前には、まだ二本の一升瓶が残っていた。いずれも特級酒である。

「あいつ、えらそうなことを言ってたが、やっぱり失敗したに違いない。今日もおれは失敗したが、これでアイコだ」

湯呑みに特級酒をどくどくと注ぎ、一息にあおり、圭介はうまそうにタンと舌打ちをした。冷酒はたちまちにして、空腹の圭介の五臓六腑にしみわたった。圭介はまた二杯目をどくどくと注いだ。

それを口に持って行こうとしたとたん、玄関の方から、扉をあけるがたぴし音が聞こえてきた。

「ふん。帰って来やがったな」

茶碗を元に戻し、圭介は立ち上がった。足音を忍ばせて、廊下を歩いた。陣太郎は玄関で靴を脱いでいた。

「おい。どうだった?」

圭介はその背に小声で話しかけた。大声を出すと、茶の間のランコに目を覚まされるおそれがある。

「やっぱり風呂屋が犯人だったかね」

「ああ、おっさんか。ただいま」

靴を脱ぎ終え、陣太郎はひょろひょろと玄関に上がった。

「まあ部屋に行きましょう」

「おや。君はまた今夜も酔っぱらってるな」

廊下を先に立ちながら、圭介は腹立たしげに言った。

「僕は寝ないで待ってたんだぞ。やけ酒でも飲んだのか」

「どうしておれが、やけ酒を飲むんです?」

「だって、やりそこなったんだろう」

圭介は納戸に入り、机の前の元の座に戻った。陣太郎も圭介に相対して坐った。

「おれのことを、やりそこなったなんて、勝手なことを言ってるが、おっさんはどうだったんです?」

圭介はとたんに面目なさそうに頭を垂れ、茶碗を陣太郎の方に押しやった。

「まあ一杯やってくれ」

「加納明治に会えたんですか?」

陣太郎は当然のことのように、茶碗を口に持って行きながら、声を大きくした。

「それとも、また酒一本で、追い返されたんですか？」

「一本じゃなく、三本だ」

圭介は頭を垂れたまま、小さな声で言った。

「しかし、これは、特級酒だから――」

「特級酒でも二級酒でも、追い返されたにかわりはない！」

陣太郎はきめつけた。

「今度は、おれが、加納に会う！」


「そ、それは――」

浅利圭介はどもった。

「何が、それはです！」

陣太郎はおっかぶせるように、さらに声を大きくした。

「今日訪問して、それで会えなきゃ、おれにゆずると、約束したじゃないですか。男と男の約束を、おっさんは反古《ほご》にしようとでも言うのですか！」

「そ、そんな大声を出してくれるな」

圭介は片手おがみに嘆願した。

「おばはんが眼を覚ますじゃないか」

「眼が覚めたって、おれは平気です」

陣太郎はいくらか声を低くした。

「おれ、おばはんに、いっさいを告白して、この家を立ち去ります」

「わ、わかった。加納明治のことは、君にまかせるよ。も少し声を小さくしてくれ」

「よろしい」

陣太郎の声は、圭介の声と同じくらいに、小さくなった。

「おっさんも初めから、我を張らなきゃいいんですよ」

「ああ」

圭介は両手を頭のうしろに組み、低くうなって、畳にどさりとあおむけになった。ずいぶん奮闘努力したものを、その中途にして、あっさり陣太郎にうばい取られ、絶望したのであろう。

「ああ、おれはいったい、この十数日、何のためにかけずり回ったのか」

「そんなにがっかりしなさんな。がっかりすると、身体に悪いですよ」

さすがに陣太郎も惻隠《そくいん》の情を起こしたと見え、やさしく声をかけた。

「今日、猿沢三吉に会って、おっさんのことをよく頼んでおきましたよ」

「え？　なに？」

圭介はむっくりと身体を起こした。

「何を頼んだ？」

「おっさんの身柄をですよ。つまり、就職――」

「誰が君にそんなことを頼んだ? 余計なさしで口をするな!」

「ランコおばはんから頼まれたんですよ」

陣太郎もむっとした口ぶりになった。

「そんなに怒るんなら、おれは引きさがります。そして、ことのいっさいをランコおばはんに」

「わ、わかった。わかったよ」

圭介は忌々しそうに、また片手おがみをした。

「わかったけれども、どうもその君のやり口は、気に食わんぞ。それだけは、おれははっきり言っておく」

「気に食っても食わないでも、この単純率直が、おれの流儀です」

陣太郎は昂然と茶碗の酒をあおった。

「おれは、ぐにゃぐにゃしたもの、うそうそしたもの、ねちねちしたものが、大きらいです。世の中がどう変ろうと、一足《た》す一は二です!」

「いったい僕の身柄を、何と頼んだんだい?」

「猿沢三吉はですね、今三軒銭湯を持ってるが、さらにもう一軒新築中なのです。その新築の銭湯の、つまり、何と言えばいいのかな、支配人です。マネージャーですな」

「こ、この僕に――」

圭介にはもうどもり癖がついた。

「銭湯のマネージャーになれと言うのか？」

「ちょっとおことわりしておくけれど、次の二つのことだけは心得ておいてください」

陣太郎は空の茶碗を圭介の前に戻し、特級酒をとくとくと注いでやった。

「第一は、おっさんは何も知らないと言うことです。つまり、見ざる聞かざる言わざるですな」

「何も知らない？」

「ええ。猿沢の自動車のナンバーのことなんかもですな。ただおれの紹介で就職する、それだけで、あとは何も知らないということにしておいてください」

「変な条件だな」

圭介は首をかしげた。

「まあよかろう。どうせ一時つなぎの就職だ。もう一つは何だ？」

「お、おれとおっさんの関係ですがね」

陣太郎はさすがに言いにくそうに、言葉をもつらせた。

「おっさんのことをね、おれは猿沢三吉に、おれんちの元家令だとふれ込んだんですよ」

「元家令？　僕がいつ君の家の家令をやった？　でたらめもほどほどに——」

圭介は憤然たる面もちで、そう言いかけたが、すぐに怒り顔をゆるめて、投げ出すように言った。

「まあどうにでも言ってくれ。どうせ僕が怒っても、君はランコおばはんを持ち出すにきまっている」

「よく気が回りますな」

陣太郎はにやにや笑った。

「でもおれは、おっさんのためを思ってやったんですよ。おっさんは家令だったが、思うところあってそれを辞め、浮世の風に当たりたいと、そうおれはふれ込んだ」

「元家扶や元家従でなくて、しあわせだ」

圭介はやけっぱちに、茶碗酒を一息に飲み干した。

「風呂屋のマネージャーだなんてえらそうに聞えるが、つまり番台に坐って金をとるんだね？」

「番台。けっこうじゃないですか。特等席で、女の裸をおおっぴらに眺められるし——」

圭介の空茶碗を、陣太郎は自分の前に引き戻した。

「かま焚きよりはいいでしょう」

「そうだな。そう言えば、風呂屋には、女湯というものがあるな」

多少心を動かした風で、圭介は陣太郎の茶碗に酒を充たしてやった。

「退屈しのぎに、勤めて見ることにするか、どうせ一時つなぎの就職だ」

「一時つなぎということを、やけに強調するんですな」

また陣太郎はにやにやと笑った。

「それで、おれ、一両日中に、ここから引越しますよ」

「引越す？　なぜ？」

「だってここを、下島がかぎつけたからですよ」

「行き先はあるのかい？」

「ありますよ。富士見アパートと言うんです」

そして陣太郎は、首をかたむけ、ひとりごとの口調になった。

「富士見アパートって、どこにあるんだろうなあ。電話帳ででも調べて見るか」

「そんなケチなアパートに行くことは止めて、屋敷に戻ったらどうだい」

圭介は最後の忠告をこころみた。

「君がそこらをうろちょろすると、その度に、そこらに波紋がおこって、あぶなくて仕様がない。まるで君は春先のつむじ風みたいだ」

小説家加納明治は、書斎の仕事机の前に大あぐらをかき、特級酒の一升瓶をでんと据え、大変険悪な表情で、ぐびぐびと茶碗酒をあおっていた。

違い棚の上の時計は、午前零時五十二分を指していた。

酒の肴としては、ワサビ漬、辛子茄子、佐賀名産のガンヅケなど、刺激の強いのが四五品並び、加納は茶碗をあおる相の手に、それらをつまんでは口に放り込んだ。時には刺激が強過ぎて涙腺《るいせん》を刺激し、加納は陰悪な表情のままぽろぽろと涙を流し、あわてて鼻をつまんだりした。

ふだんの加納なら、塙女史の指示の通り、十二時にはおとなしく就寝している筈なのであるが、こんな時刻に大あぐらをかき、禁制の刺激物を肴にして、茶碗酒をあおっているというのも、今日彼が秘書の塙女史と大衝突をしたからである。

ことのおこりは、押入れの奥深く隠匿した一升瓶三本を、加納の留守中に塙女史が摘発、折柄来訪した浅利圭介にやってしまったことに発する。

午後、所用から自動車で帰宅した加納明治は、書斎の机の上に置かれたメモ用紙を一読、かっと額に青筋を立てた。メモ用紙には、こう書いてあった。


押入れを整理していたら、一升瓶が三本も見つかりました。こんなところにお酒をかくすなんて、何という卑劣な所業でしょう。先生の中に住むアクマを、あたしは心から憎悪します。

塙佐和子

「何という不逞な女だろう！」

加納は血走った眼で、ぎろりと部屋の中を見回した。

「あれほど言っておいたのに、押入れに手をつけやがって！」

書斎のすみの半間の押入れ、ここだけは私物入れだから絶対にあけてはならぬと、加納が塙女史に申入れたのは、つい四五日前のことである。近頃本棚のうしろの隠匿物資が、ひんぴんと塙女史によって摘発されるので、別のかくし場所を設ける必要上、加納はそんな申入れをしたのだ。

「はい。かしこまりました。先生」

その時は、塙女史は、はなはだ殊勝な返事をした。

「作品をつくるには、やはり作家の秘密というものが、必要でございますわねえ」

そんな物分りのいい返答をしたくせに、五日もたたないうちに、約束を破ってお酒を持ち去った。加納明治が青筋を立てるのも、当然であろう。

「よし。もう許してはおけぬ！」

加納明治は書斎を飛び出し、足音も荒く、廊下を踏み鳴らして、玄関脇の塙女史の居室の前に立った。拳固で力まかせに扉をどんどんとたたいた。

「塙女史。おい、塙女史」

応答はなかった。加納はノブを回して、扉を引きあけた。秘書であるとはいえ、淑女の塙女史の居室の扉を、ことわりなしに引きあけることは、ふだん加納は遠慮しているのであるが、勢いの余るところいたし方ない。

扉から首をつっこんで、加納は部屋内をぐるりと見回した。

女史の姿はなかった。女のにおいだけがあった。

「ふん」

加納は扉をがちゃんとしめると、今度はリヴィングキチンに突進した。

リヴィングキチンにも、塙女史の姿は見当たらなかった。買物か何かに外出したのであろう。

加納明治は拍子抜けがしたように、ぺたんと椅子に腰をおろしたが、すぐに憤然と立ち上がり、つかつかと調理台の方へ歩いた。流しや冷蔵庫や戸棚などをにらみつけた。

「なんだい、こんなもの」

加納は戸棚の方を力まかせに引きあけて、そこにならんでいた小麦胚芽、脱脂粉乳、醸造酵母のたぐいを、ひとつひとつ取りおろした。それらをまとめて小脇にかかえた。

「ハウザー流がなんでえ。ひとをバカにしやがって!」

小脇にかかえたまま、加納は玄関に戻り、下駄をつっかけて表に出た。裏木戸の前のコンクリ製の塵芥箱の蓋をあけ、彼はそのひとつひとつを、エイエイとかけ声をかけながら、力いっぱいたたき込んだ。

「ざまあみろ」

やっとせいせいした表情になり、加納は家に戻った。書斎に入り、座蒲団を二つ折りにして、ごろりと横になった。あんまり怒って行動したので、その反動で、全身がぐにゃりと弛緩していた。はあはあとあえぎながら、やがて加納はそのまま、うとうとと眠りに入った。

やがて彼は、リヴィングキチンの方角から、銅羅《どら》の音で目を覚ました。銅羅は夕食の合図なのである。加納はむっくりと起き直った。

帯をしめ直して、加納は書斎を出、大風に逆らうような表情になり、廊下を食堂の方に歩いた。

食卓の上に、夕食の用意ができていた。コールミートの皿、サラダの皿、その傍にいつものごとく、強化パンとヨーグルトが置かれていた。

調理台を背にして、塙女史が立っていた。その顔はつめたく険を帯びて、まるである種の能面を思わせた。

加納はぶすっとした表情で、椅子についた。そしてちらりと視線を戸棚の方に走らせた。戸棚には新品の小麦胚芽、脱脂粉乳、醸造酵母が、ちゃんと補充されてあった。

その加納の視線の動きを、塙女史はながめながら、氷のようにつめたい声で言った。

「やっぱり犯人は、先生でしたのね。栄養食品をゴミ箱に捨てた犯人は！」

「犯人とは何だ！」

加納の眉の根はぐっとふくらんだ。

「あの食品は、僕のかせいだ金で買ったものだ。僕のものを、僕が捨てるのに、何が悪い。それよりも、僕の押入れから酒を盗んだ犯人はどいつだ！」

「盗んだ？」

塙女史もきりりと柳眉を逆立てた。

「盗んだとは、何という言い草でございますか。先生こそ、あんな場所に酒をかくすなんて、卑劣なことをなさったくせに」

「押入れは絶対にあけないという約束じゃなかったか」

加納はフォークの柄で、食卓をコチンとたたいた。

「なぜあけた？」

「酒が入ってたからでございますわ」

「ウソつくな。あけない前に、酒が入ってることが判るわけがない」

「においで判りますわ」

塙女史も負けてはいなかった。

「酒にはにおいがあるんですよ。においが！」

「僕はこれでも人間だぞ。犬なんかじゃないぞ！」

十数分間にわたる大論争ののち加納明治はついに怒号した。

「ドッグトレイニングスクールの要領で、僕を仕込もうなんて、人間冒瀆もはなはだしいぞ！」

大論争というよりは、大水掛論というべきであって、加納明治は人間として嗜好の自由を主張し、塙女史は小説家としての健康保持を主張するのだから、これは永遠の平行線であって、妥協の余地はないのである。加納が怒号するのもムリはない。

「いいえ。先生の心性の中の一部分は、確かに犬です」

塙女史も金切声を上げた。

「その犬みたいに卑しい部分を退治することが、あたしの任務です！」

「おれの中に犬なんかいない！」

そして加納は食卓に手をかけ、かけ声と共にそれをひっくり返した。コールミートやサラダやヨーグルトなどが、めちゃめちゃに床に散乱した。

「こんなものが食えるか。おれは日本人だぞ。おれは今から街へ出て、おれの好きなものを食ってくる！」

「そんなことはさせませんせん」

「する！」

「させません！」

「する。お前はクビだ！」

「まあ。お前だなんて――」

愕然としたように、塙女史は顔色を変えた。お前呼ばわりをされたのは、これが初めてであったのだ。

「あたしのことをお前だなんて、先生はそれでいいのですか」

「女史があんまりワカラズヤだからだ」

加納はわめいた。

「僕はワカラズヤを秘書にしたくない。よく判って、献身的な秘書が欲しいのだ」

「あたしは献身的です」

まっさおになったまま、塙女史は宣言をした。

「先生がクビにしても、あたしはクビになりません。あたしは先生が反省をなさるまで、頑張ります。一歩もあとにはひきませんわ！」

「勝手にしろ」

加納は立ち上がった。

「僕の三本のお酒は、どこにしまった？　出せ。書斎で一杯やる」

「あれはやりましたわ」

「やった？　誰に？」

「浅利圭介という男にです」

「誰だ。その浅利圭介というやつは？　女史の情夫か？」

「情夫？　何て失礼な言い方でしょう」

塙女史はまたきりきりと眉を逆立てた。

「あたしは清純な処女ですよ。あんまり無礼なことは言わないでください。誰があんな男と。浅利というのは、この頃しつこく訪ねてくる、変な男ですよ」

「今度から、僕を訪ねてくる男に僕は会う。今後来客を、勝手に女史はことわるな！」

加納は床を踏みならして食堂を出ようとしたが、床のサラダに足をとられて、すってんころりんところがるところを、辛うじて傍の柱に抱きついて事なきを得た。

「おほほほほ」

塙女史は大口をあけて、あてつけがましく嘲笑した。

塙女史の嘲笑の声をあとにして加納明治は書斎にとって返し、はだかの紙幣を四五枚たもとにつっこみ、憤然たる面もちで玄関を出た。車庫から自動車を引き出し、ハンドルを切って、見る見るその姿は遠ざかって行った。

調理台を背にして、塙女史はまださっきと同じ姿勢で、つっ立っていた。顔にはもはや嘲笑の色はなかった。

自動車の音が完全に彼女の耳から消えてしまうと、塙女史の端麗な顔はぐしゃっとゆがみ、美しい眼から大粒の涙が三つ四つ、ほろほろと流れ出た。

「あんまりだわ」

塙女史はハンカチをとり出して顔に押しあてた。勝気で理知的な塙女史にして、落涙とはめずらしいことである。

「あんなに先生のためを思って、尽くして上げてるのに、なんてワカラズヤだろう」

ハンカチを顔から外すと、もうすっかり涙はハンカチに吸い取られていた。

理知的な塙女史のことであるから、もうそれ以上余分の涙は出すことはせず、雑巾を持ってきて、直ちにせっせと床の掃除にとりかかった。

掃除が終ると、さすがに食慾も出ないらしく、玄関だけ残してあと全部を戸締りして、彼女は自分の居室に閉じこもった。

加納明治の自動車が戻ってきたのは、もう十二時に近かった。

玄関の扉をあけて、加納明治がいろんな形の包みを持って入って来たが、玄関脇の居室の扉はぴたりと閉ざされたままで、ふだんなら出迎えに出る塙女史も、今夜は全然姿をあらわさなかった。

「帰ったぞ！」

加納明治は下駄を土間にはね飛ばし、わざと足音荒く、廊下を書斎の方に歩いた。

塙女史が出迎えても腹が立っただろうが、出迎えなくても腹が立つのである。

書斎に入り、いろいろな包みを机の上にひろげた。清酒一升瓶、ウイスキー、ワサビ漬その他の刺激性食品、洋モク。どれもこれもかねてから塙女史に、口にすることを厳禁されている禁制品ばかりである。あちこちかけ回って買い求めてきたものらしい。

それらをすっかり机上に並べ、一升瓶の栓を抜き、茶碗を盃のかわりにして、加納明治は盛大にして孤独なる深夜の酒宴を開始した。

冷酒はこころよく咽喉をくすぐり、ワサビ漬その他の刺激性サカナは、こころよく舌の根を刺激し、あるいは度が過ぎて涙をほろほろと流れ出させたりした。

「ああ。何というううまさ。何という自由！」

しかししだいに酔いが回るにつれて、忿懣《ふんまん》もようやく風船玉みたいにふくれ上がってきた。レジスタンスもけっこうであるが、そのレジスタンスの現状、自分が自由に好きなものを飲み食いしている現状を、誰も見てくれないことに、加納はいらだってきたのである。誰も見てくれなきゃ、縁の下の力持ち同然だ。

「ちくしょうめ。ふたこと目には、先生の健康のためだと言いやがる。健康だけで小説が書けてたまるか！」

孤独の宴だから、どうしてもひとりごとになってしまう。

「生意気ばかり言ってると、今から部屋に押しかけて、押さえつけてやるぞ！」

「生意気ばかり言ってると、今から部屋に押しかけて、押さえつけてやるぞ」

これは本心の声でなく、単なる憎たれ口であったのだが、実際にそう呟いて見ると、突然ある種のリアリティが加納明治の身体に湧き起こって来た。

塙女史は八頭身の美人ではあるが、陶器のようにコチコチの、マネキン人形のごとき美しさであるから、いつもなら押さえつけてやろうという気は全然起きないのだけれど、今夜はしたたか酒が回っているし、忿懣がそれに拍車をかけた。

「あんな生意気なコチコチの合理主義者を打ちひしぐには、非合理主義のバーバリズムを用うる他はないではないか。ぐしゃっと押さえつけてやれば、この世は理屈ばかりで通るものでないことを、塙女史は悟るだろう」

そう考えながら、加納は違い棚の置時計を見た。針はちょうど午前零時五十二分を指している。

「ひとつやってやるか!」

彼は出窓の方に視線を移した。窓ガラスを通して、月が見えた。月はおぼろにかすんでいた。なにか狂暴なものが、加納の身内にあふれてきた。月の色には妖気がただよっていたのだ。

「よし。やってやる」

塙女史のけたたましい嘲笑の声を、幻覚として耳に再現しながら、加納はふらふらと立ち上がった。

「おれが悪いんじゃない。塙女史が悪いんでもない。悪いのは、あの月の色だ!」

とうとう責任を月のせいして、加納は眼を血走らせ、足音を忍ばせて廊下を歩き、玄関に出た。塙女史の居室の扉のノブをそっと握って回した。鍵はかかっていなかった。

そこは八畳ほど広さの洋室で、一隅にベッドがあり、スタンドの灯に照らされて、塙女史が眠っていた。

心臓が咽喉もとまでのぼってきたような気持で、加納は扉をしめ、はあはああえぎながら、抜き足さし足、ベッドに近づいた。蒲団を胸までしかかけていないので、塙女史がピンクの薄いパジャマを着ていることが、加納には判った。

塙女史の寝顔は、クリスマスカードに刷られた天使みたいで、起きている時のコチコチの憎たらしさはなかった。

(よし。こいつを押しつぶしてやるぞ!)

加納はいきなりそこに顔を近づけた。加納の唇がそこに触れるか触れない瞬間に、塙女史はその気配で眼を覚ました。

「だ、だれです?」

塙女史は海老のようにはずんでベッドの上に飛び起きた。

「な、なにをなさるんです!」

「女史の合理主義を、今夜はぶっこわしてやるのだ?」

加納は脅迫的に、声にすご味を持たした。

「人間というものは、男というものは、どういう動物であるか、思い知らせてやる。女史の思想改造をしてやるのだ！」

「けだもの！」

加納が飛びかかってきたものだから、塙女史は金切声を出した。

次の瞬間、加納はぎょっとしてベッドから飛び離れた。枕の下にでもかくしてあったのか、塙女史の手には、ギラギラ光る白鞘の短刀が握られていたのである。

塙女史はそれを加納につきつけ呼吸をはずませながら言った。

「いくら先生でも、非合法は許せません！」

風強し

朝八時、加納明治は銅鑼《どら》の音で、目を覚ました。頭がしんしんと痛んでいた。

いつにない夜更かし、冷酒のがぶ飲み、それが原因に違いなかったが、がぶ飲みの後の行動の記憶も、思い出すとさっぱり面白くない。

「ううん、チェッ。アチャラカパイ！」

屈辱の記憶を頭から振り払うために、加納はうなり声を出し、でたらめの呪文をとなえた。思い出したくないことを思い出した時、そんなでたらめを口走るくせが加納にはあるのである。

銅鑼はふたたび鳴りわたった。

その銅鑼の音は、何をぐずぐずしてるんだという催促と、ざまあ見やがれという嘲笑と挑戦のひびきを持っていた。持っているように加納には感じられた。

加納は蒲団を足ではね飛ばし、さながらシャコのごとくはね起きた。はね起きたのはよかったが、酔いがまだ残っているので、ふらふらとよろめいて、傍の柱にしがみついた。

洗面所で洗顔、大急ぎで身仕度をととのえ、加納は仏頂面で食堂に出た。

塙女史はいつもと同じく、調理台を背にして、じっと立っていた。いつもとちがうのはその顔で、いささかの表情もなく、デスマスクみたいに動きがなかった。もちろん口ひとつきかず、入ってきた加納の顔を見ようともしない。

食卓上には、朝食がととのえられていた。これもいつもと同じ、ハンコでも押したごとく、果汁、半熟卵、トースト、マーマレードなどが並んでいる。

ぶすっとした顔のまま、加納は椅子にかけ、塙女史に声をかけた。

「水と肝臓薬を持ってきて下さい。どうも二日酔のようだ」

塙女史は石像のように、身じろぎもしなかった。返事もせず、眼はあらぬ方を眺めて、つんとしている。

加納明治はむっとした。むっとして卓をたたいた。

「肝臓薬ですよ。肝臓薬！」

塙女史は依然として沈黙。加納はややいきり立った。

「返事をしないのか。返事を！」

「…………」

「ははあ。口をきかないつもりなんだね」

無念やるかたない表情になって、加納は腕を組んだ。

「さては昨夜のことにこだわってるんだな。酔ったあげくのことにこだわるなんて、塙女史らしくないぞ」

「…………」

「酔っぱらって、人を殺して、それで無罪になった例もあるんだよ。それが、なんだい、たかが寝室に侵入したくらいで」

「…………」

「寝室に侵入したのも、女史に反省を求めるためだったのだ。誤解するな」

「…………」

「肝臓薬！」

ついに加納は怒声をあげた。

「持って来なきゃ、僕がとってくるぞ！」

加納は椅子をはね飛ばして立ち上がり、廊下をばたばたと書斎にかけ戻った。

薬箱をあけて、肝臓薬をとり出そうとしたが、ふと思い直して、一升瓶の方に膝を移した。茶碗にどくどくと注ぐと、加納はそれをきゅっと一息にあおった。迎え酒というわけである。一杯の冷酒はたちまちにして、加納明治の二日酔の症状を鎮め、精神を爽快にした。覿面《てきめん》なものである。

「ざまあ見ろ。だからお酒を飲ませろってんだ」

加納はひとりごちながら、ワサビ漬、ガンヅケ、その他の刺激性食品を、ひとまとめに手に持ち、書斎を出て、また食堂に戻ってきた。

塙女史はさっきと同じ姿勢で、視線をあらぬ方に向けたまま、調理台の前につっ立っていた。椅子に腰をおろし、加納はおもむろに紙包みをひろげた。わざと手荒く、音がするように、がさがさとひろげた。

しかし塙女史は、相変らずつんとして、そっぽを向いている。

加納はトーストをつまみ上げ、バタナイフでワサビ漬をぐいとえぐり、焦げた表面にべたべたとなすった。ついでに半熟卵にもガンヅケをこてこてとまぶしつけた。

「うまいなあ」

トーストにがぶりと嚙みつき、加納は嘆声を上げた。もちろん塙女史に聞かせるための嘆声である。

「うん。実にうまい。ワサビ漬というやつは、実にトーストに合う」

そっぽを向いていた塙女史の眼が、急にピカッと光って、こちらを見た。眼は見る見る大きく開かれて、ワサビ漬をにらみつけた。唇がやや動きかけたが、すぐに真一文字に戻ったところを見ると、女史はあくまで無言の行を貫徹する方針であるらしい。

加納は内心にやりと笑って、卵の皿に手を伸ばした。

「このガンヅケ卵はどうかな」

加納は皿を口に引き寄せ、フォークを使って一気に口の中に押し込んだ。もぐもぐと頬張りながら、大げさに嘆賞した。

「うん、これもうまい。滅法うまい。兵隊の位に直せば、大将だ！」

しかし次の瞬間、加納は椅子を蹴立てて立ち上がり、口を押さえ、よろめきながら流しの方に突進した。口に含んだものを全部はき捨て、大急ぎで水道の栓をひねり、コップでがらがらとうがいした。

塙女史の咽喉は痙攣《けいれん》した。しかし、驚くべき自制力によってそれは声にはならなかった。うがいを済まして加納が卓に戻る時も、まだ女史の咽喉は無音の痙攣をつづけていた。

「ふん。笑ってるな。笑いたけりゃ、声に出して笑えばいいじゃないですか」

加納はやや不興気に言い捨て、たおれた椅子を起こし、腰をおろしながら呟いた。

「うん。滅法辛かったなあ。まるで口の中が、大火事になったみたいだった」

今度はガンヅケは敬遠し、ワサビトーストのワサビのついてない部分を少し噛り、果汁をぐっとあおって、加納は立ち上がった。ワサビ漬のたぐいを小脇にかかえた。置き放しにすると、塙女史から塵芥箱に捨てられるおそれがあるからだ。

書斎に戻ってきて、ワサビ類を押入れにしまい、また加納はしき放しの寝床にもぐり込んだ。咽喉まで見えるような大あくびをすると、加納はまたうとうとと眠りに入った。二日酔には眠るのが一番よろしい。

正十二時、昼食の銅鑼の音で、加納はふたたび眼を覚ました。

ぐっすりとひと眠りしたので、二日酔の症状はとれ、加納明治の気分は快適であった。加納は寝床に半身を起こした。

「おや、もう昼か」

違い棚の置時計は、きっかり十二時を指していた。風が出て来たらしく、窓ガラスががたごとと鳴っている。

「さて。昼飯か」

そうひとりごとを言いながら、加納は寝床を這い出し、一升瓶の方に四つん這いで歩いた。もう二日酔は直ったのだから、迎え酒の必要はないのだが、好きな時いつでも飲めるという自由を、加納は行使して見たかったのである。

茶碗にどくどくと注いで、ぐっと一あおり、加納は刺激性食品を小脇にかかえ、軒昂として廊下に出た。

食堂には昼食の用意がととのっていた。野菜入りイタメウドン、野菜ドレッシング、果物盛合。相も変らぬ料理が、面をつき並べている。

「風が出てきたようだね」

椅子にかけながら、加納は塙女史に話しかけた。塙女史はいつもの場所につっ立っていたが、加納のあいさつが全然聞こえないそぶりで、つんとそっぽを向いていた。

「せっかく話しかけたんだから、あいさつぐらい返したらどうです?」

がさがさと包みをひろげながら、加納は言った。さっきの冷酒が気分を高揚させているので、塙女史の意地張りも、それほど癪にはさわらない。

「僕が自由に酒を飲むことが、そんなに口もきけないほど口惜しいのか」

包みの中から七味唐辛子を取り出し、ウドンの上にこてこてに振りかけた。その動作を塙女史は横目で、無念げににらみつけた。加納はそれからコショウを取出し、これも振りかけた。

加納は箸をとったが、思い直して箸を置き、立ち上がって流しに歩き、大コップに水をなみなみとたたえ、また食卓に戻ってきた。今朝のような失敗を繰り返さないためにだ。

加納はウドンを食べ始めた。唐辛子だのコショウは、これはデモンストレイションにかけたのであるから、実際にあたってはそこを避けて食べる。

「どうしても口をきかないと言うんだね」

ウドンを口に運ぶ相の手に、加納は厭味を言い始めた。

「もう永久に口をきかないつもりかね」

「昨夜の絶叫が、あれが最後の発言かね」

「舌切り雀のお宿はどこだ」

「短刀なんか、僕に無断で所持されては、困りますよ」

「時に女史はピンクの寝巻を着ていたが、あれは何という生地かね」

「女史にピンクはあまり似合わないね」

「ピンクが似合うという歳でもないでしょう」

つっ立っている塙女史の表情が少しずつ動きを見せ始めた。しめたとばかり加納は厭味をつづけた。

「時に女史のバストはどのくらいですか」

「ウエストは六十五センチぐらいかな」

加納は図に乗って、ウドンを皿からつまみ上げ、両手の指でささげ、丸橋忠弥みたいに目測をした。塙女史の眉がきりきりとつり上がった。

「時に女史のヒップは一メートル――」

とたんに加納はウドンを皿に取り落とした。玄関でブザーが鳴ったからだ。

加納は厭味を中止して、箸の動きも止め、じっと塙女史を見た。塙女史はこめかみをびくびくさせながら、頑固に姿勢をくずさず、そっぽを向いていた。

「お客さまだよ」

加納はうながった。

「僕の言葉が聞こえないだけでなくブザーも聞こえないのか」

塙女史は姿勢を動かさなかった。ブザーがふたたび鳴りわたった。

「ツンボとあればいたし方ない。では、僕が出るとしよう」

捨て台詞《ぜりふ》を残して、加納は箸を置き、立ち上がった。玄関に出た。玄関には二十七、八に見える、ほそおもての若者がつっ立っていた。眼に特徴があった。

「加納先生ですか」

いくらか傲岸な口調で若者は言った。

「そうです」

ふところ手をしたまま、加納は重々しくうなずいた。処世の術として重々しいポーズをとることには、かねてから慣れている。

「先生にちょっと相談したいことがあるんですが」

下に置いたリュックサックを若者は持ち上げた。

「上にあがらせてくれませんか」

「相談？」

文学青年らしいけれども、ちょっと図々しいな、と考えながら加納は反問した。

「何の相談だね？」

「だから上にあがって話しますよ」

「ふん」

若者の顔から靴先まで、加納は見回した。

「それよりも先ず、姓名を名乗りなさい。それが礼儀というもんだ」

「おれの名ですか。おれは松平陣太郎というものです」

陣太郎は昂然と胸を張った。

「先生は、おれの姿に、見覚えはありませんか？」

「君の姿に、見覚えが？」

加納はいぶかしげに、も一度陣太郎の、頭のてっぺんから靴の先まで、じろじろと観察した。

見覚えはなかった。あの時は、すこし酔っていたし、大狼狽もしていたから、全然対象を観察する余裕はなかったのだ。

「見覚えはないね。どうしてそんなことを言うんだね？」

「見覚えなければいいです」

陣太郎は合点合点をしながら、靴の紐をとき始めた。

「とにかく上がって話します」

その強引なやり方に気押されて加納は黙っていた。

陣太郎は靴を脱ぎ、リュックサックをぶら提げたまま、のそのそと玄関に上がり、あちこちを見回した。

「応接間はどちらですか。いや、書斎がいいな。大事な話だからな。先生の書斎はどちらですか」

「勝手にのそのそと上がり込んで」

加納もさすがに憤慨の色を見せた。

「書斎はどちらかとは、いくらなんでも、ちょっと図々し過ぎるぞ」

「いや。これには深い仔細があるのです」

陣太郎は加納の正面に立ち、その魚のような眼で、じっと加納を凝視した。加納はたじろいだ。おっかぶせるように、陣太郎は命令した。

「書斎に案内してください！」


書斎には、寝床がしき放しになっていた。

加納明治はその寝床を、二つ折りにして隅に押しやり、おもむろに机の前にでんと坐った。

陣太郎ものそのそと書斎に入り、机をはさんできちんと正座した。両掌を畳につき、髪が畳に触れるほど頭を下げて、あらたまったあいさつをした。

「松平、陣太郎と、申します。今後とも、なにぶん、よろしく」

「ぼ、ぼくは加納」

ばか丁寧な頭の下げ方をされて、加納はちょっとどもった。

「いったい相談とは、何だね。原稿のことか」

「それもあります」

陣太郎は身体をねじり、書斎にまで持ち込んだリュックサックの紐を解き、一束の用箋を引っぱり出した。

その間に加納は、机の上の原稿用紙、辞書、日記帳のたぐいを、手早く整頓した。

陣太郎は用箋束を差出した。

「これはおれが書いた小説です。ご一読ください」

「ご一読くださいと言ったって――」

百枚以上もありそうなその用箋を、ぺらぺらめくりながら、加納はうんざりした声で答えた。

「僕だって、たいへん忙しいんだからね。すぐというわけにはいかない。二か月か三か月、悪くすると、二年や三年ぐらいは、おや？」

加納は最後の一枚に眼をとめた。

「これはまだ完結してないじゃないか」

「今、書きつつあるのです」

陣太郎はゆったりと答えた。

「あとを書いたら、次々に持って来ます」

「すこし長過ぎるねえ」

加納は渋面をつくった。

「も少し短いのはないのか」

陣太郎は返事をしなかった。腕組みをして、上目使いにじっと加納を観察していた。妙な沈黙が書斎を領した。

「時に、先生の自動車は、今から半月前に――」

腹話術師のように唇を動かさず、陣太郎は奇妙な発声法をした。

「正確に言うと、今から十六日前の午後六時二十分、三の一三一〇七のナンバープレートをつけた自動車が、運転をあやまって、人をはね飛ばした！」

「あ！」

加納は愕然として、身をうしろに引いた。

「ど、どうしてそれを知ってる？」

「おれは見たのです」

陣太郎は右手を上げて、まっすぐ加納を指差した。

「おれは素早く、正確に、その番号を、脳裡に刻みこんだ」

切迫した沈黙が来た。その沈黙の中で、陣太郎は手をおろさないで、指差したまま差しっ放しにしていた。

「そ、その手をおろしてくれ」

加納は悲鳴に近い声を出した。

「指差されていると、まるで公敵ナンバーワンというような気分になってくる」

陣太郎はしずかに手をおろし、元の腕組みに戻った。

「と、ときに君はいったい――」

やや加納は落着きを取り戻した。

「僕にどうしようと言うんだ?」

「相談ですよ。先ほども言ったように」

そして陣太郎は顎で一升瓶をさした。

「あれでも飲みながら、相談しましょう」

加納明治邸の食堂では、今しも塙女史が食卓のそばに立ち、加納の残したウドン皿に顔を近づけていた。

「ふん。やっぱり七味唐辛子の部分は、残してあるわ。いくらなんでも、あんなにこてこてかけて、食べられる筈がない」

軽蔑したような声で、塙女史はひとりごとを言った。無言の行のつらさを、ひとりごとでおぎなっているらしい。

「もうそろそろ五十になろうというのに、なんて先生は意地っ張りなんだろう」

自分の意地っ張りを棚に上げて彼女はつぶやいた。

「こんな憎たらしいものを、こんなにたくさん買い込んで来て。みんなゴミ箱に捨ててやるから。なんだい、こんなもの」

さも憎々しげに、塙女史は紙包みのままつかんだ。小脇にかかえて調理台の方に歩こうとした。

廊下の方に足音がして、加納明治が急ぎ足で入ってきた。塙女史が小脇にかかえた包みに眼をやり、加納はあわてて叫んだ。

「そ、それを、どこに持って行く」

塙女史はさっと身がまえ、包みをうしろにかくした。

「さてはゴミ箱に捨てようという魂胆だな。そうはさせないぞ。こちらに寄越せ！」

塙女史は首を振った。

「寄越せったら寄越せ。お客さんが来てるんだぞ。酒の肴に必要だ！」

女史はじりじりとあとしざりした。加納もじりじりとそれを追いながら、おどすような声を出した。

「早く、おとなしく寄越せ。さもないと、痛い目に合わせるぞ。客が待ってるんだ！」

その客の陣太郎は、書斎において、手を束《つか》ねて待ってはいなかった。獲物をねらう猫のように、あちこちを見回し、手探りし、ついに机上の辞書の下から、加納の日記帳を探し出した。

「ふふん」

妙な笑いを頰に浮かべ、しかし指は忙しく頁をめくった。十六日前の頁を探し当てた。陣太郎は目を皿にして、それを読んだ。

『夕方山本邸ニテはいぼーる二杯。若干酩酊シ、自動車ニテ戻ル。ソノ帰路、道ニ迷イ、アセリテすぴーどヲ出シタルガ身ノアヤマリ。行人ヲハネ飛バス。場所ハ定カナラネド、近クニソバ屋アリタル記憶アリ。はんどるヲ切リ猛すぴーどニテ遁走ス。

心配ノタメ、ホトンド終夜転々トシテ眠レズ』

次の日の日記に、陣太郎は目を移した。

『八時起床。早速朝刊ヲ見タルニ、輪禍ノ記事別ニナシ。ホット安心ス。朝食後散歩、角ノ交番ニ昨日ノ輪禍ノ掲示アリ。死亡〇、重傷三、軽傷十八、物件二十四トアリ。予ガ轢殺セザリシコト確実ナリ。予サエ口ヲ開カネバ事件ハ永久ニ迷宮入リトナラン。アブナカリシ次第ナリ』

陣太郎はあたりを見回した。ぱたりと頁を閉じると、大急ぎでリュックサックの口を開き、日記帳をごしごしと押し込んだ。

「ひどい野郎だなあ。何があぶなかりし次第なりだ！」

陣太郎は忌々しげに呟いた。

「おれの方が、よっぽどあぶなかりし次第だったよ」

そして陣太郎は、ごそごそと一升瓶の方に膝行《しっこう》し、口をつけてラッパ飲みをした。


塙女史は食堂の一隅に追いつめられた。せっぱつまった女史は、紙包みもろとも両手をたかだかと差し上げ、爪立ちをした。

女ながらも八頭身の長身であるから、加納明治よりも一寸五分ぐらい高い。それが手を差し上げたのだから、加納に届くわけがないのである。

「よこせったら、よこせ！」

加納はじれて、ぴょんと飛び上がって、包みを奪取しようと企てた。しかし同時に、塙女史もぴょんと飛び上がったので、それは不成功に終った。跳躍力だって、歳が若いだけ、女史の方に分がある。

「よし。どうしてもよこさないと言うか」

満面に朱をそそいで、加納は怒鳴った。

「よし。それならこちらも、考えがある」

加納の両手はぱっと動いて、差し上げた塙女史の両腕のつけ根、すなわち脇の下を、すばやくこちょこちょとくすぐった。

「キャッ。くすぐったい！」

塙女史は悲鳴をあげ、身もだえして両手をおろした。勢い余って紙包みは、ぐしゃっと床に落ちた。加納は腰をかがめ、すばやく紙包みを拾い上げ、ふところにおさめた。

「まったく世話をやかせやがる」

ふところをぽんと叩いて、加納は勝ち誇った声を出した。

「無言の行も破れたね。今、くすぐったい、とはっきり言ったよ」

「なんて失礼な！」

無言の行が破れたものだから、女史も眉を逆立て、おおっぴらに口をきいた。

「淑女のこんなところに、無断で触れるなんて、それが紳士のなさることですか」

「他人のワサビ漬を持ち逃げするなんて、僕は淑女と認めない！」

加納は怒鳴り返し、くるりと背を向けて、すたすたと食堂を出て行った。その後姿を忌々しげににらみつけ、塙女史はつぶやいた。

「あたし、あくまで戦って見せるわ！」

書斎では黒檀の机の前に、陣太郎が腕組みのまま、きちんと正座していた。そこへ加納明治は揚々として戻ってきた。

「さあ。サカナを持ってきたよ。一杯やりながら相談といこう」

声がやさしいのは、やはり弱味をつかまれたひけ目からであろう。加納は自ら一升瓶と茶碗二個を黒檀机に運び、両方にどくどくと冷酒を充たした。包みをがさごそとひろげて、陣太郎にすすめた。

「さあ。どうだね」

「では、ご馳走になります」

陣太郎は神妙に手を伸ばして、茶の湯でもやっているような手付きで、茶碗を口に持って行った。

「さすがはいい酒ですな」

「そろそろ相談にとりかかろう。その前に訊ねたいことがある」

加納は探るような眼になった。

「僕にはね飛ばされた人のことだがね、どんな人だった？　傷ついたのか？」

「もちろん傷ついたですよ。かなりの重傷だった」

「では、病院に運んだのだね。何という病院だね？」

「病院？」

陣太郎の表情に、一瞬困惑の色が走ったが、すぐに立ち直って、

「いや、病院には運ばないです。直接、本邸の方に運びました」

「本邸？」

加納明治は反問した。

「本邸というと？」

「おれの本邸ですよ」

陣太郎は悠揚迫らず答えた。

「つまり、世田谷の松平邸です」

「ふうん」

加納はいぶかしげに、眼をぎろぎろさせて、陣太郎を観察した。

「君が連れて行ったのか？」

「おれは行かなかった。タクシーに乗せて、行き先を教えてやっただけです」

「すると、はね飛ばされたというのは――」

加納はますます眼付きをするどくした。

「君の知合いかね？」

「おれの家の家令です」

「家令？　なぜいっしょに君は、自動車で行かなかったんだね？」

「その時、おれは、家出中の身分だったからです」

おうような手付きで陣太郎は、茶碗酒を口に持って行った。

「あそこの近くにソバ屋があった。ご記憶ですか?」

「うん。そう言えばあったような気がするな」

「そのソバ屋で、おれは家令の浅……」

と言いかけて、陣太郎はあわててせきばらいでごまかした。

「つ、つまり家令の某と、会見した」

「ソバ屋とは、ケチなところで会見したもんだね」

「このおれに帰邸してくれと、家令は老いの眼に涙を浮かべて、嘆願した」

陣太郎はとり合わずに説明した。

「しかし、おれは、断ってやったです」

「なぜ断ったんだね?」

「家令は失望して、ふらふらとソバ屋を出て行った」

陣太郎の声はすこし高くなった。

「そしてそこに、三の一三一〇七という自動車が疾走してきた」

恐縮したように加納は首をちぢめた。

「その疾走ぶりが怪しかった。ふらふらと揺れていた。加納先生。先生はその時酔っぱらっていましたな!」

「そんなに酔っていなかった」

首をちぢめたまま、加納は小さな声で返事をした。

「そ、それで、その家令さんの負傷は、どうだった。医者にかけたんだろうね」

「もちろんかけましたよ」

陣太郎は眉を上げて、加納をにらみつけるようにした。

「全治三週間という重傷です。その病床における苦しみ方たるや、見るにたえなかった」

「はて。君はさっき、家出の身分だと言ったな」

加納の視線を探るように、陣太郎の顔をなめ回した。

「その後本邸に戻ったのか?」

「いいえ。戻りませんよ」

「では、全治三週間などと、なぜ判った? また、病床における苦しみ方だなんて、君はどこでそれを見たんだ?」

「おれが直接、見たわけじゃありません」

陣太郎もすこしへどもどとした。

「電話をかけて見たら、そういう話だったですな」

「それで、君はいったい、どうしようと言うんだね?」

陣太郎のへどもどを見抜いて、加納明治はすこし大きく出た。

「何か僕に要求しようとでも言うのか」

「要求?」

陣太郎は眼をきらりと光らせた。

「おれは何も要求はしませんよ。しかし、加害者が先生だということを、世界中で知ってるのはおれだけです」

「それは君だけかも知れない」

加納はわざとゆったりと、茶碗を口に持って行った。

「しかし、そんなこと、何も君の自慢にはならないよ。君が被害者じゃないんだから」

「そうです。被害者は本邸で寝ています」

「君は家出中だと言ったな」

加納はじろりと、陣太郎の服装を観察した。

「すると君は、この事件においては、一応局外者のわけだ」

「局外者だなんて、そんな——」

「だって君は、家令の代弁者じゃないんだろう。治療費とか慰籍料の請求を、托されてるわけじゃあるまい」

「しかし、おれは見たんですよ」

「見たことに何の価値がある！」

加納はきめつけた。

「写真にでも撮ったというのなら別だが。家出中の風来坊が――」

「風来坊とは何です！」

「風来坊は取消そう」

加納は老獪に声を低めた。

「しかしだね、家出中の君が見たと言う。見たのは、君だけだ。そしてこの僕が、そんな覚えはない、人をはね飛ばした覚えは全然ないと否認したら、その信憑性はどちらに傾くと君は思うね？」

「ふうん」

陣太郎は腕組みをしてうなり、そしてにやりと笑った。

「なるほどね。流行作家と風来坊か」

「ね、そうだろう」

加納は得意げに鼻翼をふくらませた。

「世の中のことって、なかなかうまくいかないもんだよ。いったい家令さんの治療費は、いくらかかった」

「約二十万円です」

陣太郎は平然として答えた。

「それに、精神的ショックを受けたから、その分が、そうですな、十五万円ぐらいもいただきますか」

「治療費が二十万?」

加納は眼を剝いた。

「どんな治療法をしたか知らないが、そんなにべらぼうにかかるわけがない」

「でも、実際にかかったんですよ。なんなら医者の請求書を持って来ましょうか」

「いや、それよりも、電話をかけて聞いて見る」

加納は腰を浮かせた。

「世田谷の松平邸だったな」

「ちょ、ちょっとそれは待ってください」

さすがの陣太郎も気配を示し、両掌で加納を押しとどめた。

「そんなことをすると、かえって事が荒立ちますよ。それだけは止めてください。そのかわりに、全部で二万円にまけましょう」

「二万円?」

加納は腰を元に戻した。

「ずいぶん気前よくまけたもんだな」

加納明治はふらふらと立ち上がり、書棚の本のうしろから、ふくらんだ封筒をつまみ出し、それをぶら下げて元の座に戻ってきた。

「うん。二万円か」

加納は惜しそうに封筒の中をのぞき込んだ。

「たかが番号を見たくらいで、二万円とはぼろ儲けに過ぎるな」

「冗談じゃないですよ」

陣太郎は口をとがらせて嘆息した。

「これでも十分の一に切り下げたんですよ。それをぼろ儲けだなんて」

「しかしだね、君」

加納は封筒をふところにしまい込んだ。

「君がしかるべき筋に訴え出たとしても、僕が家令をはね飛ばしたという確実な証拠がない。君の証言だけで、物的証拠というものがないのだ。僕の自白でもあればいいが、僕は絶対に自白しない。一万円にまけなさい」

「そんなムチャな」

「君に二万円渡しても、どうせ君は家令のところへは持って行かないだろう。家出中で、金に困ってるから、僕をしぼってやれとたくらんだのだろう。一万円でたくさんだ」

「そ、それじゃあおれの立つ瀬はない」

「では、こうしよう」

加納は坐り直して、陣太郎をにらんだ。

「世田谷の邸に電話をかけ、他の家令にでもここに来て貰って、その立合いの上で二万円を君に渡そう」

「じょ、じょうだんじゃないですよ」

陣太郎は加納の方に、両掌をひろげて突き出した。

「そんなことをしたら、おれはたちまち本邸に連れ戻されてしまう」

「そうだろう。だから一万円にしなさいと言うんだ。物的証拠もないことだしね」

「ううん、物的証拠か」

陣太郎はちらりと傍のリュックサックを横眼で見、さも無念そうになって腕を組んだ。

「よろしい。仕方がありません。一万円にまけましょう。しかし驚きましたねえ。三十五万円が一万円になっちまったよ」

「だいたいがそんな相場だよ」

加納はふところの封筒から紙幣を取出し、ぺらぺらと器用に十枚を数えた。

「物的証拠でもあれば、十万や二十万ぐらい、僕も出すよ。君が見ただけでは、幻かも知れないからな」

「幻だなんて、おれは夢遊病者じゃないですよ！」

値切られたあげく、夢遊病者あつかいにされて、陣太郎は憤然とした。

「早く一万円ください」

突き出した陣太郎の掌の上に、加納は千円紙幣を十枚、ふわりと乗せてやった。

「これであの夜の事件については、君は沈黙を守る。それを約束してくれるね」

「約束します」

陣太郎はポケットに紙幣をねじ込んだ。

「新しい証拠が出ない限りはね」

「さあ、これで片付いたと」

加納はほっとした表情になって、陣太郎に酒を注いでやった。

「せいぜい勉強して、いいものを書くんだね。いいのができたら、雑誌社に紹介してあげるよ」

「よろしくお願いします」

陣太郎は殊勝げに頭を下げ、茶碗の方ににゅっと手を伸ばした。

風強き午後、陣太郎はリュックサックを背負って、富士見アパートの玄関に、のそのそと入って行った。

猿沢三吉からすでに話は通じてあったらしく、陣太郎は管理人によって、直ちに二階の一室に案内された。便所に隣接した四畳半である。

「チェッ。便所の脇か」

管理人が立ち去ると、陣太郎は舌打ちをしてリュックサックをおろし、部屋中を見回した。風が窓ガラスをかたかたと鳴らしている。畳もよごれてすり切れているし、ガラスも紙で補綴してあるし、どう見てもわびしい部屋である。

「三吉おやじめ。ずいぶん安部屋を見つけやがったな」

十分後、陣太郎の姿は富士見アパートの玄関を出て来た。リュックサックは持っていなかった。

それからまた二十分後、陣太郎はリヤカーに一組の蒲団を乗せ、またアパートの玄関に戻ってきた。新品でないところを見ると、どうも貸蒲団屋あたりから借りて来たものらしい。

リヤカーを玄関脇に引き込むと、陣太郎はエイヤッとかけ声をかけて、蒲団一組を肩にかつぎ上げた。そのままひょろひょろしながら玄関に入り、階段に足をかけた。

そのまま登れるかどうか、ちょっと足だめしをしたが、下は土間だから蒲団をおろすというわけにはいかない。おぼつかないまま、陣太郎は右に傾き、左によろめきながら、えっちらおっちら登り始めた。

その時二階から、かろやかに足音をひびかせて、真知子が降りて来た。

真知子は踊り場に足をとめ、眼を丸くして陣太郎を見おろした。見おろすといっても、陣太郎の顔は見えない。陣太郎は蒲団のかげになって、酩酊した鉢かつぎ姫みたいに、左に揺れ右に揺れながら、登ってくる。

非力の陣太郎にとって、一重ねの蒲団は重過ぎるらしく、顔は汗だらけとなり、膝もがくがくと慄え、一歩毎に陣太郎は笛のような声を出した。

その傍を真知子がすり抜けるには、階段はいささか狭過ぎた感があった。

だから、すり抜けを強行しようとした真知子に、非があったかも知れない。すり抜けようとした真知子に、陣太郎がよろよろと傾き、すなわちそこで正面衝突の形となった。キャッと真知子は叫んで、階段に尻もちをついた。

陣太郎の方はといえば、限度に達していた重量が、衝突によってその限度を突破し、これまた不思議な叫び声と共に、へたへたとうずくまった。うずくまった拍子に蒲団の山はぐらりと揺れ、ばたんばたんと階下に向かって落下した。

陣太郎の身体も、それを追うようにして、階下にごろごろところがり落ちた。

幸運なことには、先行した蒲団の上に落下したものだから、打ち身やすり傷も全然うけなかったようである。蒲団の上で一回転して、陣太郎の身体は自らあぐらをかいた形で、静止を取り戻した。

「おほほほほ」

尻もちをついた姿勢で、真知子はけたたましい笑い声を立てた。陣太郎のその恰好が可笑しかったのであろう。

「笑いごとじゃないですよ」

あぐらをかいたまま、陣太郎は憤然と声を上げた。


真知子は笑いやめた。

「ごめんなさい。だって、何となく、可笑しかったんですもの」

笑いやめたとは言うものの、真知子の咽喉はまだ間歇《かんけつ》的に痙攣した。

「何となく可笑しいとは、何ですか!」

陣太郎は憤然とあぐらの膝をたたいた。

「そちらからぶっつかっておいて、あやまりもせず、けらけら笑うとは何ごとだ」

「あら、あたしがぶっつかったんじゃなくってよ」

なじられて真知子も真顔になった。

「あんたがよろけて、あたしにぶつかったんじゃないの。失礼ねえ」

「いや。おれはまっすぐに登っていた」

陣太郎は階段上をにらみ上げたが、すぐにまぶしそうに眼をそらした。腰かけたままの真知子の姿体が、白い内腿までのぞかせているので、具合が悪かったらしい。

「これを見なさい。せっかく借りてきた蒲団が、ほこりまみれになったじゃないか」

「そんなこと言ってる間に、立ち上がって、蒲団のほこりをはらったらどう？」

「それよりも、そちらが立ち上がったらどうだ」

陣太郎は顔をそむけたまま、真知子を指差した。

「若い女がそんな恰好をするもんじゃない」

「あら」

真知子はあわててスカートをずりおろし、立ち上がった。

「それならこちらを見なきゃいいじゃないの、お下劣ねえ」

「お下劣は、そちらのことだ」

陣太郎もしぶしぶ立ち上がり、徒手体操のようなことをして、身体の異状なしを確かめ、のろのろと蒲団をまとめ始めた。真知子も階段をかけ降りて、それを手伝ってやった。

「これだけをいっぺんに担ごうなんて、あんたにはムリよ」

陣太郎の体格を眼で測りながら真知子はたしなめた。

「担ぐだけでもムリなのに、階段を登ろうとするなんて、暴挙もはなはだしいわ。ひょろひょろしてたじゃないの」

「ひょろひょろしたって、大きなお世話だ」

「あたしが半分持ってあげるわよ」

陣太郎の肩から、掛蒲団一枚を真知子は奪い取った。再び全部を担いで登る自信がなかったのか、陣太郎はするままにさせた。

「部屋はどこなの？」

真知子は先に立って登りながら訊ねた。

「いつ引越してきたの？」

「今日だよ。部屋は便所の横だ」

仏頂面で答えながら、陣太郎はまたよろめいた。一枚減らされても、まだ重いらしい。

「まだよろよろしてる」

真知子は呆れ顔で、陣太郎を振り返った。

「あんた、弱いのねえ。昼飯は食べたの？」

「まだだよ」

加納邸で茶碗酒を二杯飲んだきりだから、腹に力が入らないのも無理はない。

二人は階段を登り切って、廊下を歩き、便所脇の四畳半につつがなく蒲団を運び込んだ。真知子は部屋をぐるぐる見回して、嘆息した。

「まあ、しけた部屋ねえ、これで間代はいくらなの？」

そして陣太郎に向き直った。

「あたしの部屋にいらっしゃい。トーストぐらいなら焼いてあげるわよ」

真知子が焼いてくれたトーストに、あるいはバタ、あるいはジャムをこてこてとまぶしつけ、陣太郎はのろのろと四、五片を食べ終った。その食べ方を、真知子はじっと観察していた。

「あんたは何という名？」

紅茶をいれながら真知子は訊ねた。

「陣太郎。松平陣太郎」

陣太郎は腹を撫でながら答えた。

「ああ、すこしおなかがふくらんだ。君の名は？」

「西尾真知子よ」

真知子という名を聞いて、陣太郎はぎくりとしたらしく、とたんにしゃっくりを出した。真知子はいぶかしげに陣太郎を見た。

「あら、どうしたの。トーストはもういい？」

「もう結構だ」

「あんまりおなかが空いてなかったのね」

紅茶を差出しながら、真知子は言った。

「だって、あんまりがつがつした食べ方をしなかったもの」

「腹がへっても、おれはがつがつしない」

「あら、どうして？」

「小さい時から、執事や家令に、そう躾《しつ》けられて育ったんだ」

陣太郎は紅茶を口まで持って行き、飲まずにまた元に戻した。

「それに猫舌だというせいもある」

「猫舌ねえ」

急に興味をもよおした風に、真知子は陣太郎をじろじろと見回した。

「ふん。松平か。松平というと、会津系？　それとも浜松系？」

陣太郎はきょとんとして、またしゃっくりを一つ出した。

「松平家というのは、たくさんあるんだよ。まあ会津も浜松も、おれんちの親類筋ではあるけどね」

「じゃあ、あんたの松平は、何さ？」

「おれんちはただの松平だよ」

やや面目なげに陣太郎は首をすくめた。

「おれんちにある古文書に、寛政重修諸家譜というのがあるんだけどね、それによると寛政年間にすでに松平家は、五十七家もあったんだ」

「あんたんちはその一家なの？」

陣太郎はうなずいた。

「では、あんたんちのお邸は、どこかにあるわけでしょう。お城は?」

「お城はない。明治になって売り払った」

陣太郎は惜しそうに舌打ちをした。

「邸は、その、世田谷の松原町にある」

「どうして屋敷にいないで、こんなアパートに引越して来たの?」

「家出をしたんだ」

「なぜ家出を?」

「相続問題などで、いろいろごたごたしてね、おれはもうあんな家柄というものに、嫌気がさしたんだ」

そして陣太郎は、食い入るような視線で、真知子の表情をうかがった。

「お、おれは嫡嗣《ちやくし》じゃない。妾腹《しようふく》なんだ。つまりメカケの子さ」

「そう。メカケだって、いいじゃないの。あたしだって——」

言いかけて真知子は口をつぐんだ。初対面の陣太郎に、やはりはばかったのであろう。

「君も妾腹の子か」

ちゃんと事情は知っているくせに、陣太郎はとぼけて反問した。

富士見アパートの電話室で、陣太郎はせっせと電話帳を繰っていた。

「ええと、カの部、加納明治と」

ダイヤルを回した。

「もしもし、加納先生おいでですか」

「ちょっとお待ちください」

女の声がして、受話器ががちゃりと置かれた。陣太郎は呟いた。

「ふん。あれがこちこちの女秘書というやつか」

やがて電話の向こうに加納明治が出て来た。

「もしもし、加納先生ですか。おれは松平陣太郎です」

そして陣太郎は声をはずませた。

「あの物的証拠の件ですがねえ、出て来たんですよ」

「物的証拠？　どこから出て来た？」

「おれのリュックサックの中からですよ」

「リュックサック？」

「ええ。アパートに戻ってね、リュックをあけて見て、おれはアッと驚きましたよ。何時の間にか入り込んでたんです。いったいどこから入りやがったんだろうなあ」

「な、なにが入ってた？」

加納の声は乱れを見せた。

「先生の日記帳なんですよ。ふしぎですなあ、いつ日記帳がごそごそと、おれのリュックに這入り込んだのか。まさか先生が入れたんじゃないでしょうね」

「ぼ、ぼくが入れるわけがあるか」

加納の声はうわずった。

「早く返せ！」

「あの日の日記を読みましたよ」

陣太郎は落着いて言った。

「その帰路、道に迷い、あせりてスピードを出したるが身のあやまり。行人をはね飛ばす。とありましたよ。やはり、これ、物的証拠になりますねえ」

「早く返せ！」

じだんだを踏んでいるらしい気配が、受話器に伝わって来た。

「他人の日記を、黙って持って行くなんて、りっぱな窃盗罪だぞ。早く返さないと、こちらにも手段があるぞ！」

「お返ししますよ。明日」

「明日？」

「明日、秘書を連れて、そちらに参上します」

「秘書なんか連れて来なくてもいい。君一人で返しに来い」

「でも、おれ一人だと、おれは心細いです」

「何が心細いんだ？」

「だって、おれ一人だと、先生は暴力でもって、おれから日記帳を取上げるでしょう」

陣太郎はにやにやと笑った。

「だから、秘書を連れて行きます。おれの秘書は、背が六尺五分もあって、毎日ボディビルで身体をきたえてるんですよ」

「君は僕を脅迫する気か」

「いえ、いえ、決して。とにかく明日、秘書帯同の上、参上いたします」

そして陣太郎は、がちゃりと電話を切り、またダイヤルを回した。相手が出た。

「もしもし、ああ、竜之助君か。おれ、陣太郎だよ」

陣太郎はヒクッとしゃっくりを出した。

「君、いいカメラを持ってたな。今晩あれを持って、例のヤキトリキャバレーに来い。判ったな。それから明日、加納明治に会わせてやるよ」


黄昏のヤキトリキャバレーは、相変らず喧噪をきわめていた。

陣太郎と泉竜之助はその一隅に陣取って、顔をつき合わせ、ちびちびとハイボールを舐め、ヤキトリを嚙っていた。ことに竜之助の方の皿は、空串がもう十数本も並んでいた。

「相変らずがつがつしているな」

空串の数をじろりと読みながら、陣太郎は言った。

「相変らずメザシばっかりか」

「そうなんですよ」

竜之助はしょげた顔付きになった。

「それにおやじは、メザシから梅干に切り下げようなんて、言ってるんですよ。いったいこれはどうしたらいいでしょうねえ。陣太郎さん」

「うん。その陣太郎さんは、二人きりの時はいいが、明日はまずいな。君は秘書だということにしてあるんだからな」

陣太郎は腕を組んで、首を傾けた。

「やはり、秘書なんだから、加納明治の前では、おれのことを先生と呼んで貰おうか」

「陣太郎先生ですか」

「うん、陣太郎先生はまずい。松平先生がいいな。その方がぴったりする」

「承知しました。それからカメラは何に使うんですか。加納明治をうつすんですか」

「いや、その用途は後日話して聞かせる」

陣太郎は話題を転じた。

「三吉湯とのにらみ合いは、その後どうなってるかね?」

「その後相変らずですよ」

「湯銭の値下げは、まだやらないのか？」

「お、おやじもいろいろ考えて——」

竜之助はちょっとへどもどした。

「チャンスを、ねらっているらしいです」

「値下げの時期を促進しろと、あれほど君に言ったのに——」

陣太郎はそのへどもどを見逃さなかった。

「君はやらなかったんだな」

「そ、それが値下げをすると、毎日のおかずが梅干になりそうなんで」

竜之助は顔をあかくして弁解した。

「梅干でけっこうじゃないか」

陣太郎はつっ放した。

「どうせ泉湯と三吉湯の間柄は、腫れものみたいなもので、ウミが出なきゃ治りゃしないのだ。だから、早くウミを出す算段をした方がいい。そうしないと、お前さんもいつまでたったって、幸福になれっこないぞ。君だけじゃなく、一ちゃんもだ」

「え？　一ちゃん、知ってんですか」

「知ってるさ。調べたんだ。猿沢一子。こともあろうに、敵の娘と情を通じるなんて、おれ、ほんとに、恵之助老に言いつけてやるぞ」

「じょ、じょうだんじゃありませんよ」

竜之助は首をすくめた。

「そんなことをされたら、僕は勘当されちまう」

「そうだろう。だからおれに逆らうなと言うんだ」

「どうしてこの世のおやじたちはあんなつまらないことでいがみ合って、われわれ若い世代を不幸におとし入れるんだろうなあ」

竜之助は長嘆息をした。

「まったく大人の気持は判らない」

「医学が発達したからだよ」

陣太郎はハイボールをぐっとあおり、自信あり気に断定した。

「医学の発達が、人間を愚かにした」


「医学の発達?」

目をぱちぱちさせて、泉竜之助は反問した。

「おやじどもの喧嘩は、あれは医学の発達のせいなんですね?」

「そうだ」

陣太郎は重々しくうなずいた。

「予防医学や薬学の大発達で、人間はなかなか病気にかからないし、かかってもすぐになおってしまう。昔の人はそうじゃなかった。朝の紅顔が夕の白骨なんてなことはザラだった。肺病なんてものは、死病だったんだ」

「そうらしいですね」

「つまり昔の人間は、常住死と隣り合わせて生きていたんだ。死と隣り合わせていたからこそ、彼らは生を知っていた。生の尊さ、生の烈しさを、つまり生そのものの意義を知っていたのだ。だからバカな生き方をあまりしなかった」

陣太郎は卓をどんと叩いた。

「ところが現代の人間は、医学の発達によって、死から遠ざかった。死と隣り合わずに、生きて行けることになった。そのとたんに、生の意義が失われたんだね。自分が何のために生きているのか、その核心がつかめなくなって、ただのんべんだらりと生きている。そして、のんべんだらりと生きていることに耐えられなくなって、摩擦とか刺激、何かおろかな事件をひき起こして、そこでじたばたして、自分の生を確かめようとするんだね。しかし、そういうやり方では、生を確かめるわけにはいかない。だから連中は、ますますあせって、連鎖反応的に愚行をかさねていくということになる。泉湯と三吉湯の喧嘩なんて、そのいい例だね。加納明治もそうだ」

「え、加納明治も？」

「そうだ。何のために生きているか、加納にも全然判っていない」

「では、僕は？」

竜之助はおそるおそる訊ねた。

「お前さんだって、原則的にはそうだ。のんべんだらりの組だ」

「では、陣太郎さんは？」

「おれか？」

陣太郎の双眼はきらきらと妖《あや》しく光った。

「おれはのんべんだらりじゃない。おれは今、ある重大なものと隣り合った、一種の極限状況にいる。おれはおれ自身を、意識的にその極限状況に追いつめたんだ」

「それを具体的に言うと？」

「具体的にか。それは今は言えない。しかし、後日になると、おれの生き方、剣の刃渡りのような緊張した生き方が、君にも判るだろう。その時はもう、おれは居ないがね」

「はてね」

竜之助は小首をかしげた。

「では、この間の話の、素十五の——」

「素十五じゃない。素十六だ、間違えるな！」

何かカンにさわったらしく、陣太郎は竜之助をにらみつけた。

「素十六なんて生き方は、誰にもできることじゃない。ことに現代人にとってはだ。これは大変な賭けだからな」

「そうですか」

「おれは、死とは隣り合っていない。といってのんべんだらりと生きるのはイヤだ」

酔いが回ってきたのか、陣太郎の声は少々激してきた。

「おれはおれの生き方を定めた。つまり、現代人のアンチテーゼとして生きようと、はっきり心に決めたんだ。判るか？」


加納明治は黙々として、昼食をとっていた。昨日来の強風が、窓ガラスをかたかたと鳴らしている。今日の献立ては、サンドウィッチ、果物盛合、ヨーグルトで、加納はヨーグルトを舐め、サンドウィッチをまずそうにもぐもぐと噛みながら、ひとりごとを言った。

「ちくしょうめ。あの野郎！」

調理台の塙女史の眼がきらりと光ったが、野郎という言葉で、自分のことでないと判ったらしく、すぐにまた眼を伏せた。

「今日来やがったら、ただじゃおかねえぞ！」

そんな強がりを呟いてはいても、加納がしょげていることは、食慾もあまりなさそうだし、ワサビ漬その他を食卓に持参してないことでも判る。日記帳のことにすっかり気をとられて、塙女史と張り合う気分は失せてしまったのだ。

「水！」

サンドウィッチもヨーグルトも半分残し、果物にも全然手をつけず、加納は声を上げた。塙女史が大コップ一杯の水を持ってきた。それをごくごくと三分の二もあおった時、突如として玄関でブザーが鳴りわたった。

「そら。来やがったぞ」

加納はコップを卓に置き、椅子を蹴立てて立ち上がり、小走りに玄関に走った。玄関の扉が半開きに開かれて、皮鞄をぶら下げた長身の若者が顔をのぞかせていた。

「僕は松平先生の秘書で、泉竜之助と申す者ですが――」

そして竜之助はかるく頭を下げた。

「加納先生はいらっしゃいますか？」

「僕が加納だ」

「ああ、それはお見それいたしました」

竜之助は顔を門の方に向け、手まねきをした。足音が近づき、陣太郎が悠然と胸を張って玄関に入ってきた。丁寧な頭の下げ方をした。

「昨日は失礼いたしました」

「まあ上がりたまえ」

両方の掌がおのずから拳固の形になるのを、むりやりに拡げながら、加納は言った。

「例のもの、持って来たか？」

「持参いたしました」

陣太郎はごそごそと靴を脱いだ。竜之助もつづいて脱靴した。

陣太郎は胸を張り、竜之助は長身ゆえに背を曲げ、加納のあとにつづいて、書斎に入って行った。音もなく玄関に出てきた塙女史の視線が、いぶかしげにその一行のあとを見送った。

黒檀机の向こうに、加納明治はわざと無頼めかして、でんと大あぐらをかいた。なめたら承知しないぞと言う示威なのである。

「君たちもらくにしなさい」

「はい」

直ちに陣太郎は、正座をあぐらに切り換えた。横眼で見て、竜之助もそれにならった。

「けしからんじゃないか」

加納は陣太郎をにらみつけ、押しつけるような声を出した。

「他人の日記を黙って持って行くなんて、不心得もはなはだしいぞ。出来心か？」

「おれが持って行ったんじゃないですよ」

陣太郎は口をとがらせた。

「昨日電話で申し上げたように、アパートに戻ってリュックをあけたら、それが入ってたんですよ。出来心もくそもありません」

「日記帳に脚が生えてるとでも言うのか」

加納は忌々しげに舌打ちをした。

「まさか、ムカデではあるまいし！」


「ではおれが、無意識裡に、持って行ったとでも言うのですか」

陣太郎は肩をいからせた。

「この間もおれのことを、夢遊病者あつかいに――」

「もういい。判った」

加納は掌をにゅっと出して、陣太郎の発言を封じた。

「その、日記帳、持ってきただろうね」

「持参いたしました」

「では、ここに出しなさい」

加納は発声のしかたに威厳をこめた。

「黙って戻すんなら、いっさいを不問にする」

「不問にするって、何を不問にするんですか」

陣太郎は眉をぴくぴくとさせた。

「そちらが不問にしたって、おれの方が不問にしませんよ」

「何を不問にしないんだい？」

「判ってるでしょう。日記帳の内容のことですよ」

陣太郎はすこし声を高めた。

「あれはりっぱな物的証拠ですよ。可哀そうに、おれんちの家令は、まだ足腰が立たず、寝たっきりなんですよ」

「じゃあ、どうしろと言うんだ？」

「治療費ぐらい出しても、当然でしょう」

「治療費って、いくらかかった？」

「この間、申し上げたでしょう。二十万円」

「二十万円？　ムチャを言うな！」

加納明治は長嘆息をした。

「いくらなんでも、二十万円とは高過ぎるよ。健康保険には入ってないのか」

「そんなものなんかに入ってるもんですか」

陣太郎は軽蔑したように、指をぱしりと鳴らした。

「さあ、二十万円。出すんですか。出さないんですか」

「出したくっともだね」

加納は老獪に声を低めた。

「僕の家の家計は、すべて秘書の塙女史が握っていて、僕の自由になる金は、せいぜい五万円どまりだ」

「雑誌社のどこかで、前借りすればいいじゃないですか」

陣太郎はさらに声を高めた。

「この間先生は、物的証拠さえあれば、二十万や三十万は即座に出すと、そう言明しましたね。あれはウソですか」

「よし。二十万、出そう」

加納も声を荒くした。

「その前に、実際に二十万かかったかどうか、世田谷に電話してみる」

「そ、それはやめたがいいでしょう。それならおれたちは、帰ります」

「帰ってどうするんだ」

「この日記を警視庁に持って行き新聞記者立会いのもとに、渡します」

「おい、おい。あんまりムチャなことを言うなよ」

加納は両掌を前に突き出した。

「そんなことをされたら、いったい僕はどうなるんだ」

「そうでしょう。だからおれは、素直に二十万出しなさいと言ってるんですよ」

そして陣太郎は、手首から腕時計を外しながら、伝家の宝刀を引っこ抜いた。

「二十万円、出すか、出さないか、おれは一分だけ待ちましょう。いいですか。あと五十五秒。

……五十秒」


「よし。出そう」

加納明治は無念げに腕を組み、はき出すように言った。

「いたし方ない」

「そうでしょう。そう来なければウソです」

陣太郎は腕時計を元の手首に巻きつけた。

「二十万円とは安いですよ」

「出すとは言ったが、二十万とは僕は言わなかったぞ」

加納は手を伸ばし、違い棚の置時計をわしづかみにして、どんと机の上に置いた。

「僕は十万円だけ出す。それ以上は、ビタ一文も出さない。十万円で不服なら、日記帳を警察でもどこでも、持って行ったがよかろう。十万円で否か応か、僕は一分間だけ待とう。あと六十秒」

意外の逆襲に、陣太郎は眼をぱちくりさせた。

「あと五十秒……四十秒……」

苦悶と焦慮の色を、陣太郎は顔に浮かべながら、上目使いに加納の様子をうかがった。加納は決然として秒を読んだ。

「二十秒……あと十五秒！」

「よろしい。まけましょう」

加納の表情から決死の覚悟を読みとったらしく、陣太郎ははたと手を打って、十万円を承認した。

「そうだろう」

加納は時計を違い棚に戻した。

「そう来なければウソだ」

「巻き返し戦術とは、うまくやられたなあ」

陣太郎は憮然として腕を組んだ。

「なかなかいい気合でしたねえ、先生。さすがのおれも、圧倒されましたよ」

皮鞄をかかえ、緊張していた泉竜之助も、ふうと溜息をついて、合点合点をした。

「では」

加納はにゅっと右掌をつき出した。

「日記帳、返していただこうか」

「ダメですよ、まだ。引替えということにしましょう」

「そうか。仕方がない。では外出用意だ」

加納は立ち上がり、のそのそと次の間の洋服箪笥の前まで歩き、着換えを始めた。竜之助はひょろ長い上半身を、陣太郎の方に曲げ、耳打ちをした。

「すごいですなあ、陣太郎さんは」

「しっ」

陣太郎は耳打ちをし返した。

「陣太郎さんはよせ。松平先生と呼ぶんだ」

しょうしゃな背広姿となり、ハンチングをぶら下げて、加納明治が次の間から姿をあらわした。

「さて。雑誌社に出かけるか」

「はい」

先生と秘書は異口同音に立ち上がり、加納のあとにつづいて、玄関から外に出た。加納はさっさと車庫の方に歩き、自動車の扉をあけた。

「さあ。二人とも、これに乗りなさい」

「え。これで行くんですか」

陣太郎は尻ごみをした。

「大丈夫ですか？」

「大丈夫だよ。心配するな」

「心配するなって、先生はこの間このおれを、いや、おれの家令を、はね飛ばしたんだからなあ」

「心配するな。今日は酔っぱらってないから」

加納は二人の背を押して、むりやりに客席に押し込んだ。

「ここを通るたびに、実におれは妙な気分になってくるんですよ」

窓外を指差しながら、陣太郎は運転中の加納明治に話しかけた。自動車は今、半蔵門から三宅坂へ走っていた。

「何が妙な気分だね？」

「だって、あそこは、だいたいがおれんちなんでしょう」

陣太郎の人差指は、濠の向こうの宮城の緑の斜面を指していた。斜面の上の石垣に、衛士が立っているのが見える。

「おれのお先祖様があれをつくり、だからもともとおれんちの筈なのに、おれんちと関係のない人が、のうのうと住んでいる。眼鏡をかけた、すこし猫背の、口髭を生やした男が――」

「それ、天皇のことを言ってるのか？」

「そうですよ、もちろん」

陣太郎は語気を強めた。

「おれんとこなのに、よその人が住んでるなんて、実に奇妙な気分がするもんですよ。おれのこの気持、先生は小説家だから、判ってくださるでしょう」

加納は返事をしなかった。黙ってハンドルを動かした。

「相続問題がこじれて家出をしたんだと、君は言ってたが――」

日比谷の交叉点を越えかけた時、加納は口を開いた。

「どういう具合にこじれたんだね。君の相続に邪魔でも入ったのか」

「そこにはいろいろ複雑な事情がありましてねえ」

陣太郎の声はかすれた。

「ご譜代会というものがあるんですよ」

「ゴフダイカイ?」

「ええ。そうです。ご譜代会」

陣太郎はうなずいた。

「ご譜代会と申しますと、つまり徳川家を中心にした会、松平の同窓会みたいなものです。三河以来の徳川の臣下である大名、その後裔《こうえい》たちが構成分子で、年に一回それが開かれるんですな」

「ふん。ふん」

「そこでおれんち、すなわち世田谷の松平家の相続が問題になった」

陣太郎の声は低く、また暗鬱になった。

「おれ、すなわち陣太郎に相続させようという派と、陣太郎ではダメだ、陣二郎にさせようという派と――」

「陣二郎とは何だね?」

「おれの異母弟です。そこらの入組み具合がたいへん複雑で、一朝一夕には説明しきれない。とにかくそこらがこじれて、おれ自身もイヤになり、飛び出してしまったんですよ。手ぶらで飛び出したんで、こんなひどい恰好はしてるけど」

「家令にでも金を持って来させればいいじゃないか」

「おれもそう思っていたんだけれど――」

陣太郎は加納の背中を指でつついた。

「先生がはね飛ばしてしまったじゃないですか。おれ、ほんとに迷惑しましたよ」

加納は黙った。黙ったまま、自動車を停めた。加納につづいて、陣太郎と竜之助は車を出た。

「ここでお茶でも飲みながら、待っててくれないか」

加納は前の喫茶店を指差した。

「僕はちょっと出版社に行ってくる」

喫茶店の席につくと、陣太郎は指で女を呼び寄せ、注文した。

「コーヒー二つに、サンドウィッチ」

そして泉竜之助に顔を向けて訊ねた。

「君は何人分食べる?」

「僕は一人前でけっこうです」

「では、サンドウィッチ、三人前。早いところ頼むよ」

陣太郎は指をぱちんと鳴らした。

「ああ。おなかがすいた。近ごろおれは、実におなかがすくな。どういう訳あいのもんだろう」

サンドウィッチが運ばれてくると、陣太郎は一皿を竜之助に与え、二皿を自分の前に引寄せて、黙々として食い始めた。がつがつするなと、いつも竜之助に訓戒を与えているくせに、陣太郎の食べ方はスピードが早く、竜之助がまだ一皿を食べ終らないのに、陣太郎は二皿そっくりを食べ終っていた。

「ああ。これで力がついた」

ぬるくなったコーヒーをうまそうにすすりながら陣太郎は言った。

「さて。つづいてケーキでも注文するか」

陣太郎は指を上げて女を呼び、またケーキを注文した。

「よく食べますねえ」

竜之助は感嘆の声を発した。

「大丈夫ですか」

「大丈夫だよ。どうせ加納明治が支払うんだ」

高貴の出にしてはずいぶんケチな発言を、陣太郎はした。

「しかし、二十万円のところを、十万円とは、ずいぶんあこぎな値切り方をしたもんだなあ」

「しかし陣太郎さんも、よくまけましたね」

「うん。敵も決死の覚悟だったらしいからな」

運ばれてきたケーキを陣太郎はつまんだ。

「それに、あの日記の頁、ちゃんと写真に撮ってあるからな。また後口がきくよ」

「え？　僕のカメラをそれに使ったんですか」

つづけようとして、陣太郎は口をつぐんだ。扉を押しわけて、加納明治がつかつかと入ってきたからである。

「さあ」

席に腰かけるやいなや、加納明治は内ポケットから紙幣束を取出し、催促した。

「日記帳を早く出せ」

陣太郎は竜之助に目くばせをした。竜之助は皮鞄をがちゃりとあけ、うやうやしく日記帳を取出した。加納は紙幣束を卓に置き、いきなり日記帳をひったくった。

「ほんとに、これだけの金を前借するんだって、僕はずいぶん哀訴嘆願したんだぞ」

「しかし、家令の苦痛を思えば、それくらい何でもないですよ」

陣太郎は紙幣束をつかみ、その中から千円紙幣十枚を数え、竜之助の方ににゅっと突き出した。

「さあ。これが今月分の秘書手当てだ」

「ありがとうございます」

竜之助はそれをかるく押しいただき、内ポケットにおさめた。その手付きを、忌々しげに横眼でにらみながら、加納は言った。

「もう日記帳はこちらのものになったし、もうこれ以上家令のことについて、僕に迷惑をかけるなよ」

「ええ。できるだけそういう具合に、努力します」

いなびかり

浅利家の茶の間で、今しも浅利圭介は夕飯を食べ終え、両手をたかだかと差し上げ、大きな伸びをした。

「ううん。よく食べた。やはり働くと、食欲が出るな」

そして圭介は指を折って、日数を勘定した。

「今日で十二日目か。月日のたつのは早いものだなあ」

「そうだわねえ」

ランコは相槌を打って、圭介のために熱い茶をいれた。やっと亭主が仕事にありつき、毎日せっせと通っているものだから、ランコも割と機嫌がいいのである。

「それで、今日のお客の入りはどうだったの？」

「あまりかんばしくない」

圭介は両手を交互にふって、自分の肩をたたいた。それと見てランコは、縫物を膝からおろし、圭介の背中に回った。圭介は神妙に坐り直し、ランコの揉むままにさせた。

「将棋盤じゃ、やはりダメなのね」

「うん。泉湯のやつは、テレビを持ってるからねえ。今日も僕は猿沢さんに話したんだが、テレビに対抗するには、やはりテレビ以外にはないんじゃないか」

「だってテレビは高いでしょう？」

「うん。そこが悩みのたねなんだ。何かおばはんにいい考えがないかな」

「ないこともないわ」

「どんな考えだね？」

「クイズよ」

「クイズ？」

「そう。クイズを壁に貼り出して、正解者の中から抽選で五名様に、一か月通用の無料入湯パスを差し上げるのよ」

「うん。それは名案だ」

圭介はぽんと膝をたたいた。

「クイズブームだから、こいつは当たるに違いない。さすがはおばはんだ」

「おっさんがひとつ文案を練って見たらどう」

「うん。やって見るか」

ランコは圭介の肩から離れ、戸棚から紙と鉛筆を持ってきた。圭介は畳に腹這いとなり、髪をかきむしったり、せきばらいをしたりして、長考に入った。

部屋のすみでは、長男の圭一がすやすやと寝息を立てている。その蒲団をランコはちょっと直してやり、チャブ台の食器類を台所に運び、すっかり洗って食器棚にしまい、後片付けをして茶の間に戻ってくると、圭介はごそごそと起き直った。

「できたよ」

「どれどれ」

圭介が差し出した紙に、ランコは視線をおとした。次のように書いてあった。

三吉湯は設備も新しいしサービスもいいしお湯もきれいだ　ところが近所の泉湯は建物は古いしサービスも悪いしお湯の中には大腸菌がウヨウヨ　だから本当の風呂好きは泉湯には行かず三吉湯に入る。

「なかなかうまいわねえ」

ランコは一応感心した。

「でも、泉湯なんて、実名出していいの。文句を言って来ないかしら?」

「いや、大丈夫だ」

圭介は得意げに答えた。

「そこは虫食いで□湯となるんだから、泉湯でも文句のつけようはあるまい」

「うん。そいつは面白いな」

猿沢家の三畳の私室で、猿沢三吉はぽんと膝を打った。

「で、賞金はどのくらい出すんだね。あんまり沢山では困るよ」

「正解者から抽選して、五名様に限り、向こう一か月間の無料入浴パスを差し上げる、というのはどうでしょう」

ランコから教わったくせに、自分で考案したんだという得意げな表情で、圭介は答えた。

「もう文案はつくってあります」

「どれどれ、見せなさい」

三吉は太った膝を乗り出した。圭介は内ポケットから紙片を取り出し、三吉に手渡した。三吉はそれを読み、痛快げにぽんぽんと膝を連打した。

「まったくそうだ。泉湯なんか古ぼけて、お湯も汚ないからなあ。それを、こともあろうに、テレビなんかでごまかそうとしやがって」

「では、さっそく書きましょうか。大きな紙はありますか?」

「うん。一子が持ってるかも知れない」

三吉は立ち上がって廊下に出、大きな声を出した。

「一子。一子」

「はあい」

三吉はそのままとことこと子供部屋の方に歩いた。私室に残された圭介は、机から硯箱を畳におろし、せっせと墨をすりだした。しばらくして三吉が、廊下から姿をあらわし、声をかけた。

「ここでは狭いから、茶の間に行こう。三軒で、男湯女湯で、六枚書かねばならんから、一子にも手伝わせることにした」

「そうですか」

圭介は硯箱を捧げ持ち、三吉につづいて廊下に出た。

茶の間では一子が、いくぶんふくれっ面で、床柱によりかかり、脚を投げ出していた。

「いったい何を手伝えと言うの？」

一子はふてくされた声で言った。

「あたし、出かける用事があるのよ」

「ちょっとやれば済むんだ。少しはうちの手伝いぐらいはしなさい」

三吉はたしなめた。

「この紙にクイズを書き込むんだよ」

「クイズ？」

「そうだ。これを三吉湯の壁に貼り出して、正解者には一か月無料入湯パスを出すんだ。一人あたり二枚ずつ書けばいい。文案はここにある。傍点をつけた部分を伏せるんだ」

三吉は文案をチャブ台にふわりと乗せた。一子は脚を引込め、ごそごそと膝行し、文案をのぞき込んだ。

「まあ、呆れた！」

読み終えて、一子は嘆声を発した。

「なんてバカバカしい！」

「バカバカしいことがありますか！」

三吉は憤然として、声を荒くした。

「泉湯の野郎は、協定を違反して、テレビを置いたんだぞ。こちらも黙っておれるか！」

「でも――」

「でもではありません」

三吉は娘をにらみつけた。

「泉湯のテレビのおかげで、うちのお客はずいぶん取られたんだよ。うかうかすると、お前たちだって、オマンマの食い上げになるかも知れない。それでもいいのか！」

クイズ戦術は、成功した。

三軒の三吉湯の男湯と女湯に、筆書きの三吉グラムが、れいれいしく貼り出された。

第一回三吉グラム
三□湯は□備も□しいしサービスもいいしお□もきれいだ　ところが□所の□湯は建□は古いしサービスも□いしお□の中には大□菌がウヨウヨ　だから本□の風□好きは□湯には行かず三吉□に入る。

そのあとに応募規定として、

賞品　正解者ハ抽選ニテ五名様ニ一ヵ月有効ノ無料入湯パスヲ差シ上ゲマス。
応募用紙　三吉湯十回回数券ヲオ求メノ方ニ用紙一枚差シ上ゲマス。用紙一枚ニツキ答ハ一ツシカ書ケマセン。
締切　今月末。
審査　クイズ解答原文ハ三吉湯主人猿沢三吉、同支配人浅利圭介ニヨリ、三吉湯金庫ニ厳重保管。コノ原文ニ合致シタ解答ヲ正解トシマス。
三吉湯家族、オヨビソノ従業員ハ応募ヲ遠慮シテ下サイ。

三吉湯主人識

第一日だけで、三吉湯の十回回数券の売行きは、二百を越えた。二日目も百五十を越え、三日目も百台を保持した。

噂を聞きつけてはせ参じる者もあり、また一人で何冊も買うのもいて、番台上の三吉はともすると頬がくずれ、にやにや笑いがとまらなかった。

回数券を買った者は、必ず日に一度、時には二度三度と入浴するし、また何冊も買い占めたものは、処置に困ってあちこちに分けて歩くらしく、三吉湯は三軒とも常時満員の状況で、浴槽も満員だし、板の間も満員、着物を着るのも忘れて、三吉グラムに首を傾けている。

「浅利君。ウナギでも食べに行こうや」

三日目の昼、猿沢三吉は浅利圭介をさそった。嬉しいことがあると、あぶらっぽいものを食べたくなる癖が、三吉にはあるのである。

「そうですな。お伴しましょう」

圭介をつれて、三吉はウナギ屋の二階に押し上がった。例の陣太郎から絞られた二階の一室である。

「今日も回数券の売行きは、百冊を越しそうだよ」

おしぼりでにやにや顔を拭きながら、三吉は言った。

「一冊が百五十円だから、百冊だと一万五千円だな。毎日これぐらいの収入があると、第四三吉湯もすぐに建つんだがなあ」

新築の方は、金繰りがうまくいかないので、建ちかけたままになっているのである。

「来月も是非やろうじゃないか」

「そうですね」

圭介もおしぼりで顔を拭いた。

「第二回から、もう少し賞品を奮発した方がいいでしょう」

「うん。わしもそう思ってたところだ。賞品をもっと金目なものにするか。それとも抽選の五名様を殖やすか」

「どちらがいいか、僕の方でもよく研究してみましょう」

圭介は参謀のような口をきいた。

「これで泉湯の方も、少々打撃を受けたでしょうな」

「うん。そこがわしも知りたいところだ」

三吉は圭介に盃をさした。

「君、ひとつお客のふりをして、泉湯に行き、様子を探ってきてくれないか」


泉宅の茶の間で、おやじの恵之助と息子の竜之助は、チャブ台に向かい合って、昼飯を食べていた。米麦半分の麦飯で、おかずは例によって、メザシと梅干だけ。恵之助老はそうでもないが、竜之助の方は実にまずそうに飯をかっこみ、おかずをつついていた。

「おいおい。その梅干の食べ方は何だ」

あまりまずそうな食い方をするので、見るに見かねて、恵之助はたしなめた。

「だって、梅干って、すっぱいんだもの」

「梅干というからには、すっぱいに決まっている」

恵之助はきめつけた。

「この梅干はだな、ただの梅干とは違うんだぞ。わざわざ小田原の下曾我の友人から取り寄せたんだ。そこらの店で売っているのと、いっしょにされては困る」

「いくら下曾我産だって、梅干は梅干だよ」

「あたりまえだ。この梅干を甜めて元気をつけて、頑張るんだ」

そして恵之助は話題を転じた。

「どうもこの二、三日、お客の入りがごっそり減ったようだが、どういうわけだろう。空気が乾燥しているせいかな」

竜之助は顔をそむけるようにして、ごそごそと飯をかっこんだ。その態度を恵之助はいぶかしげに見た。

「おい。竜之助。お前はわしに何かかくしごとをしているな」

「空気の乾燥のせいじゃないんだよ」

見破られたので、竜之助は余儀なく白状した。

「クイズのせいなんだよ」

「クイズ？　いくらクイズが流行したって、風呂屋が暇になることはなかろう」

「そうじゃないんだよ。三吉湯でクイズを貼り出したんだよ。当たった人には、一か月の無料入湯パスを出すんだって」

竜之助は気の毒そうに父親を見た。

「だから三吉湯は、三軒とも、押すな押すなの繁昌だってさ」

「ううん。やりやがったな！」

恵之助は思わず箸を取り落とし、額の血管をもりもりと怒張させた。

「クイズを貼り出すだけでも、申し合わせ違反なのに、賞品まで出すとは何ごとだ。あの山猿め。そしてそれはどんなクイズなんだ？」

「三吉グラムというんだそうだよ」

「三吉グラム？　名前からして猿真似だ。そして、その文章は？」

「僕、見てないから、知らないよ」

「よし。飯がすんだら、すぐ行って偵察して来い。全文を書き写して来い」

「そりゃあムリだよ。お父さん」

竜之助は悲鳴に似た声を出した。

「この間偵察に行って、将棋の駒をちょろまかして来たばかりじゃないの。僕が犯人だということを、向こうではうすうす勘づいているらしいよ」

「なんだい。王様の一つや二つ持って来たからって、尻ごみなんかしやがって」

そして恵之助は茶碗を置き、腰を浮かせた。

「お前がイヤなら、わしが行って来る」

「お、お父さん。それは止めてください」

竜之助は猿臂《えんぴ》を伸ばして、恵之助に取りすがった。

「お父さんが行くくらいなら、僕が行きますよ」

「そうか」

重盛にいさめられた清盛みたいな表情で、恵之助は腰を元に戻した。

石鹸箱を小脇にかかえ、タオルを頭からかぶり、泉竜之助は実に情なさそうな表情で、三吉湯ののれんをくぐった。タオルをかぶったのは、自分の顔を見られまいとの配慮からであろう。

「回数券一冊お願いします」

「はい。毎度ありい」

番台の上で答えたのは、浅利圭介であった。このひょろ長い青年が、まさか泉湯の息子とは知らないものだから、圭介の応待はしごく愛想がよかった。

「はい。解答用紙一枚おそえしますよ」

竜之助は回数券と解答用紙を受け取った。解答用紙はガリ版で印刷され、偽造をふせぐつもりであろう。肩のところに『猿沢三吉』というハンコが、ぺたりと押してあった。竜之助はそれを持って、板の間に上がった。

「ずいぶん混んでやがるな」

タオルはそのまま、衣類を脱ぎながら、竜之助はつぶやいた。脱衣を完了すると、ひょろひょろした特徴のある身体があらわれる。衣類籠を整理していた板の間女中の眼が、ぎろりと光って、その竜之助をにらみつけた。それとも知らぬ竜之助は、タオルをかぶったまま、浴場に入って行った。浴場も大変混んでいた。

「あれが泉湯のバカ息子ですよ」

大急ぎで番台にかけ寄り、板の間女中は圭介にささやきながら指差した。

「え？　泉湯のバカ息子？」

圭介は視線をうろうろさせた。

「あのひょろ長いのがそうかね？」

「そうですよ。それにあのバカ息子は、どうも手癖が悪いらしい」

女中さんは憎々しげに舌打ちをした。

「この間、将棋の駒がなくなったでしょ。あれはきっとあのバカ息子の仕業ですよ。あたしゃそれで、大旦那様に、ひどく叱られましたよ」

「手癖が悪い？　そりゃいかんな」

圭介も低声で注意した。

「何か持って行かれないように、よく見張ってなさい」

「ほんとに、自分んちの風呂に入らずに、三吉湯に入りに来るなんて、どういう了簡なんでしょうねえ」

「ほんとにそうだねえ。しかも回数券を一冊買ったよ」

「回数券？　それじゃきっと、評判を聞いて、クイズを当てるつもりなんですよ」

女中は浴場の方をにらみつけた。

「なんて図々しい奴だろう！」

そんな悪口をされているとも知らず、竜之助はそそくさと身体を拭き、またタオルをかぶって、のそのそと板の間に戻ってきた。まるで烏の行水である。もっとも入湯が目的じゃないのだから、それでもいいのだろう。

「ふん。なかなかの繁昌だな」

袖に手を通しながら、竜之助はあたりを見回した。

「これじゃあ泉湯の客が減るわけだ」

その竜之助の視線が、女中の眼とぱったり出合った。その女中はすでに番台を離れ、将棋の駒を守るべく、縁台のそばにかけ寄っていた。

竜之助は見る見る工合悪そうな表情となり、かぶったタオルの両端を鼻の下でむすび、泥棒スタイルとなり、大急ぎで衣類を着用した。そそくさと退場する竜之助の後姿を、番台から圭介がにらみつけた。

石鹸箱をかかえ、ぶすっとした恰好で、泉竜之助は自宅に戻ってきた。足音を聞きつけて、親爺の恵之助は玄関に飛び出した。

「おい、どういう具合だった？」

そして恵之助は、息子のタオルに眼をとめて叱りつけた。

「おい。そのぬすっと冠りはよせ！」

「いやんなっちゃったよ、僕」

竜之助は不機嫌にタオルをはずした。

「おかげで散々にらみつけられたよ」

「にらみつけられた？　三吉にか？」

「いいえ。女中さんや、近頃来た支配人にさ」

「支配人？　あのぼさっとした中年男か？」

「そうだよ。あれ、浅利圭介ってんだ」

「よくお前は三吉湯の内部の事情に、すみずみまで通じてるな」

恵之助はうさんくさそうに、息子の顔をじろじろと眺め回した。

「どこから聞いてくるんだい？」

「ぼ、ぼくは、情報を集めるのが、昔からとてもうまいんだよ」

ひやりと首をすくめながら、竜之助はごまかした。

「それよりか、早く茶の間に行って、クイズを見せてあげよう」

「うん。それがよかろう」

簡単にごまかされて、恵之助は茶の間にとことこと歩いた。

「ううん。なるほど。考えやがったな！」

チャブ台の前で、解答用紙をひろげ、恵之助はうなり声を立てた。

「ちくしょうめ！」

「お父さん。判るんですか？」

「いや。全然判らない」

恵之助は口惜しげに舌打ちをした。

「三吉ごときがつくったのを判読できないなんて、わしははらわたが煮えくりかえる」

「初めのとこはこう読むんですよ。三吉湯は設備も新しいし、サービスもいいし、お湯もきれいだ」

竜之助は差していた指を、ぴょんと飛ばした。

「ここはね。サービスも悪いし、お湯の中には大腸菌がウヨウヨ、と読むんだよ」

「その途中の□所の□湯というのは？」

「上の方は、近所、が適切でしょう」

「なるほど。近所か。お前はなかなかクイズ解きの才能があるな。三吉湯の近所てえと――」

恵之助は腕組みをして首を傾けたが、すぐに腕を解き、顔をまっかにして、拳固を虚空につき上げた。

「では、この□湯てえのは、泉湯のことか！」

「出題者の意図は、そうらしいねえ」

竜之助は気の毒そうに、父親の顔を見た。

「房湯や勝湯よりも、泉湯が一番近所だしねえ」

「大腸菌がウヨウヨ、とはなにごとだ。もう勘弁ならぬ！」

恵之助は大声を張り上げた。

「紙と筆とを持って来い！」

「おや。お父さんもクイズをつくるんですか？」

「クイズなんかつくってたまるか。湯銭値下げの貼札を出すんだ」

ふり上げた拳固を、恵之助は威嚇的に打ち振った。

「値下げをしたら、三吉も困るだろうと、今まで辛抱したが、もう許しておけないぞ！」


黄昏の道を、泉竜之助はあたりをはばかるようにして、とっとと歩いていた。曲がり角の、半分ほどでき上がった新築の三吉湯の前まで来ると、立ち止って、油断なくあたりを見回した。

「ここよ。竜ちゃん」

材木の山のかげから、忍びやかな女の声がした。

あたりに人眼なきを知ると、竜之助は背を曲げ、まるでイタチのように敏捷に、材木のかげにかけ込んだ。竜之助と猿沢一子はそのまま抱き合って、ひしと接吻した。

「君んちのクイズのことを、うちのおやじが知ったんだよ」

唇を離し、一子の頭髪を愛撫しながら、竜之助は言った。

「だからおやじ、かんかんになって、僕に偵察に行けと命令するんだよ」

「で、行ったの？　お父さん、いた？」

「いや。三吉小父さんはいなかった。浅利という人ね、あれが番台に坐ってた」

「じゃあ、竜ちゃん、うちの湯に入ったの？」

「入ったよ。君んちはずいぶん繁昌してんだなあ」

「クイズのせいなのよ」

一子は憂わしげに竜之助を見上げた。

「大人って、どうして詰らないことで、喧嘩をするんでしょうねえ」

「医学が発達し過ぎたせいなんだよ」

竜之助は陣太郎理論を借用した。

「解答用紙をおやじに見せたら、またかんかんに怒ったよ」

「恵之助おじさんに判読できたの？」

「いや、てんで読めないんだ。だから、僕が解読してやったんだ」

「そんなおせっかいをやるから怒るのよ」

一子は年長の恋人をたしなめた。

「読めなきゃ、それほど怒りもしないわけでしょ」

「うん。ちょいとおせっかいだったかな」

たしなめられて竜之助はしょげた。

「それで、おやじは怒って、とうとう値下げを発表したんだよ」

「え？　とうとうやったの」

「やったよ。湯銭十二円に値下げ仕候と、入口のところに、でかでかと貼り出したよ」

竜之助は哀しげに眉を慄わせた。

「もう明日から、梅干だけで、メザシにも当分お目にかかれないかも知れない」

「可哀そうねえ。竜ちゃん」

竜之助の肩を撫でながら、一子はなぐさめた。頭を撫でたくとも、竜之助の背が高過ぎて、届かないのである。

「いくらなんでも、梅干だけじゃ、身体がもたないわねえ。恋をするにも、エネルギーは必要だし」

「もっとも陣太郎さんは、早く値下げをした方が、片のつき方が早いと言ってたけどね」

竜之助は自分を慰めるように言った。

「陣太郎さんは、お宅にも行ってるかい？」

「ええ。一週に一回ぐらい、三吉湯に姿を現わしているようよ。そしてお父さんに、将棋を教えてるらしいわ」

一子は竜之助の顔を見上げた。

「あたしねえ、どうしてもあの陣太郎という人を、好きになれないの、あの人から見られると、ぞっと鳥肌が立つのよ。なにかイヤな、邪悪なものを、あの人は持ってるわ。そんな人の秘書に竜ちゃんがなってるなんて、あたし、心配だわ」


「僕のどこが心配なんだい？」

そして泉竜之助は背を曲げて、猿沢一子の額に、かるく唇をつけた。

「そう心配しなくてもいいよ」

「心配するわよ」

だだっ子みたいに、一子は身をよじらした。

「だってあの陣太郎という人は、確かにインチキじみたところがあるわよ。処女の直感でピンと来るわ。あんな人の秘書になって、今までに何か得をしたことがあって？」

「秘書手当てを一万円貰ったよ」

そして竜之助は自信なげに首をかしげた。

「あ、あれは、いったい、どうするつもりなんだろうなあ」

「あれ、とは何よ？」

「カメラだよ」

竜之助の声はしょんぼりとなった。

「カメラをちょっと貸せというから、貸してやったんだよ。それから半月もたつのに、まだ戻してくれないんだ」

「そうでしょ。あれはそういう男よ。まあ、きれいないなびかり！」

空をいなびかりがするどく走った。しばらくして、重々しい鳴動音が、空の果てからどろろと響いてきた。

「お父さんと陣太郎の様子を、こっそり見ていると、どうも具合が変なのよ。うちのお父さんって人は、割に強気な性格でしょう。それが陣太郎に対しては、妙におどおどして、腫れ物にさわるようなのよ。まるで弱味をにぎられてるみたい」

「そう言えば加納明治にだって——」

「え？　なに？」

「いや。何でもない」

竜之助はごまかした。加納事件においては、自分も片棒かついだ恰好になっていることが、恋人の手前、うしろめたかったのであろう。

「そう言えば陣太郎さんにも、ちょっと妙なところがあるな」

「たとえばどういうこと？」

「陣太郎さんは、自分のことを、花札で言えば、素十六だなんて言ってるんだ。素十六というのは、カス札ばかり十六枚集めた役なんだよ。それを僕が素十五と言い違えると、とても怒るんだよ」

「素十五という役はあるの？」

「ないのさ。一枚足りないんだ。はてな、そうすると、陣太郎さんも、一枚足りないんじゃないか。足りないもんだから、図星をさされて、怒るんじゃないか」

「足りないって、具体的に言うと？」

「さあ。それは僕にも判らない。しかしきっと、決定的なものが、一枚足りないんだ。一枚不足だということを、陣太郎さん自身も知ってるんだ。だから、あんな居直りができるんじゃないか」

沈黙が来た。一子は竜之助の胸に顔をうずめ、じっとしていた。

「お互いに、不幸の打開に、努力しよう」

竜之助は背を曲げて、一子の耳にささやいた。

「いつまでも、闇ばかりは、つづかない。そのうちに、きっと夜明けがやってくる」

「あたしもそれを、信じてるわ」

「僕は今から、陣太郎さんのアパートに行ってくる。おやすみ」

二人の唇はふたたび合った。その頭上をまたいなびかりが走った。

泉竜之助が富士見アパートにたどりついた時は、もう外はすっかり暗くなっていた。地図をたよりに、道を聞き聞きやってきたのだから、思いのほか時間をくったのである。

「ふん、たいしたアパートでもないな」

管理人に部屋を聞き、竜之助はとことこと階段を登った。便所の横の部屋の前に立ち、扉をこつこつと叩いた。

「誰だ?」

内から陣太郎の声がした。

「僕です。泉竜之助」

「ああ。竜之助君か。はいれ」

竜之助は扉を引いて入った。部屋のまんなかに、小机を前にして、陣太郎はせっせと何か書き物にいそしんでいた。

「いい部屋ですな」

竜之助はあたりを見回しながらお世辞を言った。部屋の中はがらんとして、荷物と言えば例のリュックサック、それに壁のハンガーにかけられた真新しい背広、それだけであった。背広の方は、加納明治より受領した十万円で買ったのであろう。

「いい部屋だなんて、皮肉を言うな」

陣太郎はたしなめた。

「見ろ。畳はぼろぼろだし。窓ガラスもつぎはぎだらけじゃないか！」

つぎはぎの窓ガラスの向こうに夜が見え、その夜空を音もなく、いなびかりが一本走っては消えた。

「いったい何の用事だい。報告か。このアパート、すぐに判ったか？」

「ずいぶん探しましたよ」

小机をはさみ、陣太郎に向かい合って、竜之助はあぐらをかいた。

「報告もありますが、実はカメラを返して貰いたいんですよ」

「カメラ？」

陣太郎はちょっと困惑したように、視線をうろうろさせた。

「あのカメラ、要るのか？」

「要るんですよ。僕だって、いろいろ撮りたいものがある。コンクールの日も近づいているし」

「よし四、五日中に戻してやる。ケチケチするな。あのカメラ、いくらした？」

「五万円ですよ」

竜之助は若干ふくれっ面になった。

「ここに置いてないんですか？」

「うん。ここに置いとくと、盗まれる心配があるからな。確実な某所に預けてある。で、報告とは、何だ。何か変ったことでも起きたか？」

「とうとうおやじが、湯銭の値下げを発表したんですよ」

「とうとうやったか。そう来なくちゃウソだ！」

我が意を得たとばかり、陣太郎はぽんと膝をたたいた。

「そしてその値下げのこと、三吉親爺に知れたか？」

「発表は今日の昼間のことですからねえ。もう知れ渡ってるでしょう」

「では三吉も、今頃はあわてふためいているな。いよいよ面白くなってきた」

陣太郎はげらげらと笑った。

「では今から、いつものごとくヤキトリに出かけるか。君の秘書手当、まだ残ってるだろうな」

「え？　陣太郎さんは、もう一文なしになってしまったんですか」

「うん」

陣太郎はにこやかにうなずいた。

陣太郎と竜之助はつれだって、ヤキトリキャバレーに入って行った。

ヤキトリが運ばれてくると、例によってたちまち竜之助の色が変る。もう条件反射みたいになっているのである。梅干をおかずに、夕飯をたらふく食べて満腹の筈なのだが、眼の色の方で自然と変るのだから、仕方がない。

「がつがつはよせ！」

陣太郎のその制止も聞かず、竜之助は猿臂を伸ばし、またたく間に七八本を平らげ、お腹をなでながら、ふうと溜息をついた。

「まるで欠食児童だな」

ハイボールを傾けながら、陣太郎は批評した。

「おれを見なさい。おれは一文なしだが、こうやって悠々と飲んでいる」

「本当に一文なしですか？」

竜之助は眼をぱちくりさせた。

「加納明治から巻き上げた十万円は、どうしたんです？」

「巻き上げたなんて、体裁の悪いことを言うな。あれは正当の報酬だ」

陣太郎はたしなめた。

「あれはもう使ってしまったよ」

「え？　まだあれから半月もたたないのに十万円使っちまったんですか。いったい何に使ったんです？」

「洋服を一着買ったし、君に秘書手当を払ったし――」

「それだけですか？」

「うん。それに近頃、おれにガールフレンドができてね、いろいろ金が要るんだよ」

「いくらガールフレンドができたって、その使い方はムチャですよ」

竜之助は嘆息した。

「文無しで、今からいったいどうするつもりです？　本邸に戻るんですか？」

「戻るもんか。も一度加納明治に頼んでみる。おれはどうしても彼から二十万円、つまりあと十万円貰う権利があるんだ」

「例のネガでですか？」

「そうだ。ここにネガと、焼付けが一枚ある」

陣太郎は内ポケットから、封筒を取り出した。

「君。明日これを加納邸に持って行き、十万円と引替えて来い。あいつはすぐ半額に値切るくせがあるから、用心するんだぞ」

「じょ、じょうだんじゃありませんよ。僕にそんなことができるもんですか」

「そうか。十万円口はまだ君にはムリかも知れないな。今度小口の時に、君にやらせることにしよう」

陣太郎は封筒を内ポケットにしまった。

「やはりおれが行くことになったか」

「今度は三吉湯が三軒とも、十二円に値下げして来たら、どうしたらいいでしょうねえ」

竜之助は話題をかえた。

「それはかんたんだ。君んとこを十円に下げればいい」

「そんなムチャな。今でさえ梅干オンリーなのに、十円にしたら、空気をぱくぱく食べる他はないですよ」

悲鳴に似た声を竜之助は出した。

「うちもクイズを出したら、どうでしょうねえ。ひとつつくってくれませんか」

「クイズか。うん」

陣太郎は腕を組んだ。

「つくってやってもいいな。よし。最後の切札みたいなやつを、つくってやろうか」

からみ合い

猿沢家の例の三畳の私室で、猿沢三吉と浅利圭介は額をつき合わせ、ひそひそと相談を交していた。

「そうか。そういうことまで調べてきたか」

三吉はたのもしげに、この有能な支配人の顔を眺めた。

「メザシ一本槍か。敵も決死の覚悟と見えるな。どうやってそこまで調べた？　ノゾキでもやったのか？」

「ノゾキだなんて、そんな下品なことは、僕はやりませんよ」

圭介は昂然と顔を上げた。

「出入りの商人に全部当たって見たのです。この間までずいぶん買ってくれたのに、近ごろはさっぱりだと、皆こぼしていましたよ」

「酒屋はどうだった。恵之助のやつは大の酒好きの筈だが」

「特級酒を焼酎に切り下げたそうです」

「ううん。焼酎にしたか。煙草屋は？」

「息子はのんでいるが、親爺の方は全然禁煙をしたらしいですな。それから勇寿司ね、あそこにも全然足踏みをしないとのことです」

勇寿司、という言葉を聞いて、三吉の眉はぴくぴくと痙攣した。かつて恵之助と、飯粒だらけになってつかみ合った古戦場なのである。

「猿沢さんもいよいよ覚悟をきめる時が来たようですな」

「そうのようだな」

三吉は腕を組んだ。

「昨夜一晩、ほとんど眠らずに考えたのだが、わしの考えとしてはだな、うちの三軒もとりあえず十二円に値下げをする。新築の方は突貫工事で完成して、泉湯に圧力をかける。さし当たって、そういう対策を取りたいと思うのだがね」

「突貫工事の費用は、どこから持って来るのですか。高利貸ですか？」

「高利貸？　とんでもない」

三吉は身体を慄わせた。

「名古屋の方で、わしらの同業者が、高利貸から金を借りて、大変な目にあったそうだ。ある週刊雑誌に、その記事が出ていたよ」

「じゃあどうするんです？」

「上風徳行に頼んで見ようかと思う。あのタクシー会社は景気がよさそうだから」

そして三吉は声を低めた。

「うちも十二円に値下げするからには、生活の切り下げをしようと思う。それでなくては、とてもやってはいけない」

「その方がいいでしょうな」

「向こうがメザシで来るなら、こちらは、そうだな、納豆といこう。わしは納豆はあまり好きでないか、この際万止むを得ん」

「納豆はいいですな。消化はいいし、植物性蛋白質は豊富だし」

「それから従業員の給料も――」

やや言いにくそうに三吉は発言した。

「一律に二割減らすことにしようと思う。危急の場合だから、これまた万止むを得ん」

「従業員と言うと、僕もその中に入るんですか？」

「そ、そうだよ」

「そんなムチャな、一方的な――」

「そのかわりに、戦に勝ったら、君だけは五割増しにしてやるよ。な、それで我慢しなさい」

三吉は慰撫につとめた。

「さあ。家族全員、茶の間に集まるように、あんたから伝えてくださらんか」

「以上のようなわけでだ、浅利支配人とも相談の上、わしんとこも十二円に値下げすることにした」

茶の間のチャブ台を取巻いた家族たちの顔を、猿沢三吉はぐるぐると見回した。

「十二円に値下げをすれば、三吉湯の経済は必然的に赤字になる。だから、各方面を節約して、赤字をすくなくするようにしなければ、三吉湯は破産してしまう。まず第一に従業員の給料だ。これは一律に二割引きときまった。浅利君がそのように皆を説得してくれることになった。なあ、浅利君」

浅利圭介は眼をしょぼしょぼさせ、情なさそうにうなずいた。

「第二には家族の生活経費だ。泉湯の息の根をとめるまで、家族の衣類の新調はいっさい差止めとする」

「まあ、ひどい」

「まあ、ひどい」

一子と二美は異口同音に、抗議の叫びを上げた。若い女性の身空として、衣類新調の禁止は、身を切るよりつらかろう。

「そんな横暴がありますか」

「基本的人権のジュウリンよ」

「お黙りなさい！」

母親のハナコが娘たちを叱りつけた。ハナコは歳が歳であるから、新調禁止令にはさほど痛痒を感じないのである。

「三吉湯が栄えるか亡びるかの、大切な時期なんだよ。少しはお父さんの気持も察してあげなさい！」

「そうだ。まったくだ。少しは察しろ！」

三吉はハナコの言葉に便乗した。

「次には食事だ」

三吉はまたぐるぐると一同を見回した。

「浅利君とも相談したんだがね、一人一日当たりの食費を、六十円であげて貰うことにする」

「六十円？」

ハナコは反問した。

「おかず代が、一人一日六十円というわけですね？」

「おかず代じゃない。主食も含めてだ」

「主食も含めて、たった六十円であげろって？　そんなムチャな！」

ハナコは声を上げて嘆息した。

「それこそ基本的人権のジュウリンですよ」

衣類新調禁止は平気だが、食い物の切り下げということになると、ハナコも相当の食いしん坊であるから、承服できるわけがない。

「何が人権ジュウリンだ！」

予期せぬ反撃を受けて、三吉も声を高くした。

「かの泉親子は、近頃何を食べているか。浅利君の報告によると、朝は味噌汁一杯だけ。昼晩はメザシに梅干だけという話だぞ。うちだって泉の野郎に負けてたまるか！」

「米代だけだって、一日六十円はかかりますよ」

ハナコは怒鳴り返した。

「配給米が一キロ七十六円五十銭、希望配給は八十四円五十銭。うちは皆食慾が盛んだから、一人当たり三日で二キロは食べますよ。それともあなたは、おかず抜きで、メシだけ食べろと言うんですか！」

「メシだけ食えとは言わん。麦を混ぜればいいじゃないか。サツマ芋なら、もっと安くつく」

三吉は口角泡を飛ばした。

「その浮いた分を、おかずに回せ！」


「サツマイモ？」

ハナコは鼻を鳴らして冷笑した。

「まさか。戦争時代じゃあるまいし」

「我が家にとっては、戦争時代だ！」

三吉は見得を切った。

「泉湯の野郎たちが、メザシに梅干という戦時体制をとっているのに、こちらだけ安閑として、ぜいたくをしておられるか」

「いいんですか。そんなことを言って」

ハナコは膝を乗り出した。

「あたしはもちろんのこと、一子も二美も、オサツは大好きなんですよ。あなたがそういう覚悟なら、朝昼晩オサツの一本やりと行きましょう。それなら一人当たり、六十円もかかりません。であとになって音を上げても、あたしゃ知りませんよ」

「そ、それは待ってくれ」

三吉はたちまち狼狽した。

「な、なにもわしは食事をオールサツマイモに切換えろと言ってはいない。六十円の範囲内で、質素にして栄養のある食事をつくってくれと言ってるだけだ。誤解してはいけない」

「………」

「食事のみならず、生活のあらゆる面を質素化、簡素化していこうと言うのだ。もちろんわしは、お前たちだけに強要するんじゃない。わしが陣頭指揮、率先垂範して、身辺のムダをはぶこうと思っている」

その三吉の壮絶な隣組長的弁論も、折柄鳴り渡った電話のベルで中絶した。三吉はごそごそと部屋の隅の小机に膝行、受話器をとり上げた。

「はい、もしもし、こちらは猿沢でございます」

「もしもし」

きんきんした女声が戻って来た。

「猿沢のおじさま。あたしよ。真知子よ」

三吉はぎょっと背筋を固くした。

「今月分のお金、どうしたのよ。一葉全集も買わなくちゃいけないし、早く持って来てよ！」

「ま、まいどありがとうございます」

恐怖のため、三吉の声はわなわなと慄えた。

「明日にでもおうかがいします」

「明日じゃ遅過ぎるわ。今日持って来て。持って来ないと、こちらから押しかけるわよ」

「で、では、今日、今からさっそく、おうかがいします」

三吉はがちゃりと電話を切り、そっと掌で額の汗を拭いた、ハナコが訊ねた。

「誰からかかったの?」

「上、上風社長からだ」

そして三吉は、ふうと大きな溜息をついた。

「すぐ来てくれというのだ」

「上風社長に、毎度ありがとうございますっての、変じゃないの」

ハナコはいぶかしげに、三吉の顔をのぞき込んだ。

「上風社長は三吉湯のお客じゃないわ」

「お客じゃなくても、毎度ありいとあいさつするのは、風呂屋の主人としての心掛けだ」

三吉は強引にごまかした。

「わしに何十年もつれそっていて、そのくらいのことが判らないのか」

「はい」

ハナコは不承不承口をつぐんだ。その機を逃がさず、三吉はすっと立上がった。

「さあ、わしはちょっと出かけて来る。浅利君。三吉湯三軒の表に、十二円の値下げの告示を貼り出しておいてくれよな」

愛用のおんぼろ自動車を操縦しながら、猿沢はしんから大きく吐息した。

「まったく驚かせやがる。うちに電話をかけるなと、あれほど言っておいたのに、何たることだ。真知子のやつめ！」

憤懣やる方ない面もちで、三吉はつぶやいた。

「ハナコに聞かれたら、半殺しの目にあうじゃないか」

鼓動はようやく収まったけれども、三吉の血圧はかなりはね上がっていた。ショックを受けることが、高血圧症にはもっとも悪いのである。

三吉の自動車は警笛を鳴らしながら、やがて上風タクシーの構内に入って行った。

社長室で上風徳行は、はさみをチョキチョキ鳴らして、相変らず顎鬚の手入れに余念がなかった。

「やあ。久しぶりだね」

「うん、忙しいのなんのって」

三吉は上風に向かい合って、どっかと椅子に腰をおろした。

「時に上風君。少し金を融通してくれんかね」

「金？」

上風ははさみの手を休めた。

「いくらぐらいだね。何に使うんだい？」

「五十万でも、三十万でもいいよ」

三吉は片手拝みをした。

「あの新築三吉湯を、早く建ててしまいたいんだ。ところがどうしても金繰りがつかないんだ。あんただけがたよりだよ」

「よしてくれよう？」

上風もはさみを置いて、片手拝みの姿勢となった。

「三十万、五十万だなんて、おれの方がよっぽど借りたいよ。近頃おれんちの野郎ども、気がたるんどると見えて、毎日一件か二件、通行人を轢き殺したり、はね飛ばしたりしてるんだよ。弔慰金で、おれんちも上がったりだよ」

「そうかい」

三吉はがっくりと首を垂れた。

「そいつは弱ったなあ」

「お互いに、不景気風が、身にしみ渡るねえ」

「では、二万円、いや、一万五千円でもいいよ」

三吉は首を垂れたまま、掌をつき出した。

「今、貸してくれえ」

「一万五千円？　そりゃずいぶん切り下げたもんだな。何に使うんだい？」

「今月分の真知子の手当だ」

三吉は口惜しげに舌打ちをした。

「うちに電話をかけるなと、あれほど言っといたのに、電話で催促しやがったんだよ。それで泡食って飛び出したんで、財布持ってくるのを忘れたんだ」

「ほんとに忘れたのかい？」

と上風は疑わしそうに三吉を見ながら、内ポケットに手を入れた。

「一週間内に返してくれよ」

「返すとも」

「返さなきゃ、あんたの自動車を取り上げるよ」

紙幣束といっしょに、紙とペンを上風はつきつけた。

「一筆書いてくれよ。自動車を担保に入れるってさ」

「わしの信用も下落したもんだなあ」

悲痛な声で嘆きながら、三吉はペンを取り上げた。

富士見アパートの横丁に小型自動車が止まり、運転席から猿沢三吉の肥軀がごそごそと這い出てきた。アパートの玄関で、折柄出て来た陣太郎と、三吉はばったりと顔を合わせた。

「おや。陣太郎君か」

三吉はあたりを見回し、なるべく唇を動かさないで発声した。スパイの陣太郎と話しているところを、真知子に見られたら、具合が悪いのである。

「おお。猿沢さん」

陣太郎も調子を合わせて、腹話術師的発声法をした。

「真知子は在宅中ですよ」

「知ってるよ。電話がかかってきたんだ」

三吉は渋面をつくった。

「まだ真知子のやつは、浮気をしないかね?」

「まだやらないようですな。割に品行方正です。猿沢さんだけで満足してるんでしょう」

「満足だなんて、そんな――」

三吉は嬉しそうな、悲しそうな、また迷惑そうな顔をした。

「これからもよく見張りをつづけてくれ。ぬかりなく頼むよ」

「承知しました」

陣太郎は合点をした。

「それから、おれ、そろそろ生活費がなくなって来たんですよ」

「生活費？」

「とぼけちゃいやですよ。おれに月一万円の生活費を出すという――」

「この間出してやったばかりじゃないか」

三吉はたまりかねて、唇をぱくぱく動かした。

「まだあれから一か月はたたんぞ」

「でも、なくなったから仕様がないですよ」

陣太郎の方は相変らず、唇をほとんど動かさなかった。

「金がなくては、生活できない。では、おれ、泉恵之助のところに、貰いに行こうかなあ」

「ま、まってくれ」

三吉はあわてて両掌を突き出した。

「恵之助に真知子のことを、しゃべるつもりか」

陣太郎はあいまいな笑いを頰に走らせた。

「と、とにかく、三、四日待ってくれ。わしだって苦しいんだ。待てぬことはなかろう」

「三、四日ですね。よろしい。待ちましょう」

陣太郎は胸板をたたいた。

「では今日は、ゆっくり楽しんでください」

「浮気のこと、くれぐれも頼むよ！」

今日は楽しみに来たんじゃないんだぞ、と怒鳴りたいのをこらえ、三吉は忌々しげにそう言い捨て、階段をかけ登った。その後姿が見えなくなって、陣太郎はおもむろに富士見アパートの玄関を出た。

「さて、今日は加納明治を訪問するとしようか」

とっとっと歩きながら、陣太郎はつぶやいた。

「三吉のおやじも相当にしけて来たらしいな」

三吉は二階の廊下をのそのそ歩き、真知子の部屋の前に立ち止った。扉をコンコンとたたいた。中から声がした。

「どなた？」

「わしだよ」

「ああ、おじさま」

ノブが回り、扉は内側から開かれた。真知子の白い顔がのぞいた。

「今月分のお手当、持ってきてくださった？」

「持ってきたよ。持って来りゃいいんだろ」

猿沢三吉は仏頂面のまま、部屋に上がり、机の前にどしんとあぐらをかいた。

「何を怒ってらっしゃるの?」

真知子は茶の用意をしながら、やさしい声で言った。

「おじさまには、怒った顔は、似合わないわ。やはり、にこにこ顔の方が似合ってよ」

「にこにこ笑っていられるか!」

三吉は腹立たしげに机をどんと叩いた。

「あれほど電話をかけるなと言っといたのに、真昼間から電話をかけてくるなんて、わしだったからよかったようなものの、出たのがハナコだったらどうする。身の破滅じゃないか!」

「あら。他の人だったら、あたし、すぐ切るつもりだったのよ。はい、お茶召し上がれ」

「いくら切るったって、そんな無暴な」

三吉は茶碗を取り上げた。

「わしは血圧が高いんだぞ。あんまりわしを驚かせるな。これ以上ギョッとさせると、わしは卒倒して、たちまち死んじまうぞ。わしを殺すつもりか!」

「まあ、なんて大げさな」

真知子は首をかしげ、可愛ゆく嘆息した。

「おじさまを殺すわけがありますか。おじさまが死ねば、第一に困るのはあたしなのよ。せっかく卒業までの学資が保障されてるのに、今コロリといかれちゃ、いったいあたしはどうしたらいいの? 学校をやめろとでも言うの?」

「だからわしを、大切にしなさいと言うんだ。電話かけるなんて、もってのほかだ」

「だって、いくら待ってても、今月分持ってきてくださらないんですもの」

怨ずるような視線を、真知子は三吉に向けた。

「そう言うけれども、わしんちも苦しいんだよ。経済失調にかかってるんだよ。あんたも知ってるだろう。泉湯とのせり合いで、三吉湯も十二円に値下げということになったんだよ」

三吉はいかにも惜しそうに、内ポケットから紙幣束を引きずり出した。

「これだって、友人から、血の出るような借金をして来たんだ。これ、一週間内に戻さなきゃ、自動車を巻き上げられてしまうんだよ」

「あのボロ自動車を?」

「ボロであろうとなかろうと、自動車は自動車だ!」

けなされて三吉は若干いきり立った。

「あの自動車がなけりゃ、わしはここに通って来れないんだぞ」

「都電に乗って来ればいいじゃないの」

「都電なんかで、二号通いができますか。ばかばかしい」

「あら。どうして?」

真知子はいぶかしげな顔をした。

「自動車だって都電だって、変ったところはないじゃないの」

「変ったところはあるよ。しかし、その問題はそれでよろしい」

三吉はいらだたしそうに話を打切った。

「そこでだね、泉湯のバカおやじというやつが、また頑固なやつで、そのうちに十円に、また八円に、値下げして来るかも知れない。それに対抗するには、どうすればいいか」

「こちらも値下げすればいいじゃないの」

「そうだろう」

三吉は大きくうなずいた。

「値下げに値下げをつづければ、わしんちの経済はどうなるか。あんたにも判るだろう」

「そりゃ判るわ」

真知子は平然として答えた。

「値下げすればするほど、収入が減って、おじさまは貧乏になるんでしょう」

「そうだ」

猿沢三吉はぽんと膝をたたいた。

「先刻も、あんたから電話があった時、わしは家族一同に対して、一場の演説をしていたのだ」

「演説？　おじさまが？」

真知子はあわてて掌を口の蓋にした。

「笑うな」

三吉はすこし気を悪くして、語調を荒くした。

「わしだって、必要があれば、演説ぐらいはする！」

「どんな演説なの？」

口から掌を離して、真知子は三吉にながし目を送った。

「あたしも聞きたかったわ」

「うん、わしが陣頭指揮、率先垂範して、身辺のムダを省こうといった趣旨のものだ」

たちまち三吉は機嫌を直して、またぽんと膝を打った。

「な、判るだろ。身辺のムダを省こうと公言した手前だな、あんたという存在を、今後もずっとつづけて行くというわけに――」

「あ、あたしのことを、ムダだと言うの？」

きりりと真知子は柳眉を逆立てた。

「あたしのどこがムダなのよ。バカにしてるわ。あたし、怒るわよ」

「あ、あんたの全部がムダだとは言ってない」

三吉はあわてて両掌で空気を押した。

「つ、つまりだな、あんたという女性は実に立派な女性だが、わしにとってはもうゼイタクであり、ムダであるというわけだ。な、収入がごしごし減って、わしは貧乏になるんだよ。その貧民のわしが、立派な女性であるあんたを囲うなんて、こりゃ全然ムダ――」

「おじさまにとって、あたしがムダであっても、あたしにとって、おじさまは全然ムダでないのよ」

真知子はぱしりと机をたたいた。

「ムダどころか、大の必要物なのよ。初めからの契約じゃないの。卒業までは絶対に離さないわ。離してたまるもんですか!」

「そ、そこを何とか――」

「ダメ!」

甲高い声で真知子はきめつけた。

「おじさま。そんな身勝手がありますか。卒業までは確実に面倒を見るって、最初からの契約ですよ。それを身勝手に、一方的に破棄しようなんて」

「い、いかにもそんな契約をした」

三吉はおろおろと抗弁した。

「しかしだね、あの契約当時は、わしも商売は繁昌、ふところもあたたかかった。だからあんな契約もむすんだのだ。ところが今は、ごらんの通り、経済失調と相成った。ね、考えても見なさい。わしがあんたに飽きたとか、嫌いになったとかで、契約を破ったのなら、責められもしよう。ところがそうじゃなくて、貧乏になって囲い切れなくなったんだから、そこを何とか——」

「貧乏、貧乏というけれど、おじさまが勝手に貧乏になったんじゃないの。その責任をあたしにまで負わすなんて、不合理だわ。不合理もはなはだしいわ！」

真知子はますます言いつのった。

「それなら値下げしなきゃいいじゃないの」

「わしだって、好きこのんで、値下げ競争してるわけじゃない」

猿沢三吉は口をとがらせた。

「泉湯のやつが値を下げるから、こちらも値下げせざるを得ないのだ。な、頼む！」

三吉は座蒲団からずり下がり、畳に両掌をぴたりとついて、頭を下げた。

「男のわしが両手をついて、頭を下げ、熱涙と共に頼むのだ。な、つらかろうが、この際何も言わず、わしと別れてくれ！」

「…………」

「わしに未練もあるだろうが、そこを思いあきらめて、いさぎよく身を引いてくれ」

三吉は右腕を顔に持って行き、涙をぬぐう真似をしながら、悲痛な声をしぼり出した。

「あんたと別れるのは、このわしもつらい。血の涙が出るような気持だ。な、わしの気持も察してくれ！」

「別れてあげるわよ」

真知子は面倒くさそうに口を開いた。

「え？　別れてくれるか」

三吉の面上にたちまち喜色がよみがえった。

「そ、それはありがたい！」

「別れてはあげますけどね、退職金はくれるんでしょうね」

「え？　退職金？　手切金のことか？」

「そうよ。今まで真面目に勤めたんだから、退職手当ぐらいくれたって、当然でしょう」

真知子はつめたい声になった。

「退職金は、六か月分でいいわ」

「六か月分？」

三吉は仰天した。

「すると、六万円か」

「そうよ。一週間以内に支払ってちょうだい」

「六万円とは、いくらなんでもムチャな」

三吉は長嘆息をした。

「二万円ぐらいなら、どうにか都合もつくが、六万円なんて、そんな無法な——」

「では、別れてあげないわ」

「別れてあげない、とは何だ！」

ついに三吉はむっとして、声を高くした。

「わしも男だぞ。がんらい男には女を捨てる権利があるんだぞ。その権利を、行使しようと思えばできるのだが、そこを辛抱して、頭を下げてこうして頼んでいるのだ」

「…………」

「最後の提案として、わしは手切金として、二万円だけ出そう。それ以上はビタ一文も出さん！」

三吉は肥った手首から、決然と腕時計を外した。陣太郎の真似をしようと言うつもりなのである。

「一分間だけ、わしは返事を待とう。それ以上は待たないぞ。いいか。あと六十秒。五十五秒。五十秒」

「…………」

「あと三十秒……二十五秒」

「…………」

「あと五秒」

三吉はじろりと真知子を見上げて催促した。

「あと五秒だぞ」

その瞬間、真知子は白い咽喉をそらして、けたたましく笑い出した。

「何を笑うんだ」

「そんなバカな真似をするからよ」

真知子は笑いにあえぎながら言った。

「おじさまじゃラチがあかないわ。あたし、今から、ハナコおばさまに逢いに行くわ」

「そ、それは待ってくれ！」

三吉は狼狽のあまり、声をもつらせた。


「またやって来たのか」

加納明治は玄関に立ちはだかり、うんざりしたような声を出した。

「いったい何の用事だ？　まあ上がれ」

「では、上がらせていただきます」

陣太郎はごそごそと靴を脱いだ。加納につづいて、廊下を書斎に歩いた。

「この間はいろいろ失礼いたしました」

陣太郎は両手をぴたりとつき、折目正しく頭を下げた。

「今日は小説のつづきを、少々持って参りました」

「小説？　ああ、小説か。忘れてたよ」

「忘れるなんて、ひどいなあ」

陣太郎はポケットから、折り畳んだ数枚の用箋を取出し、うやうやしく加納に差出した。

「もうこれで完結したのか？」

受取りながら加納は訊ねた。

「いえ。まだです。継続中です」

「まだか。終りまでまとめて持って来たらどうだね」

加納は表情を渋くした。

「僕は忙しいんだよ。そうそう人に会っている暇はない」

「どうも済みません」

「今日は一人か。あの背高のっぽの秘書君はどうした」

「ああ。あれはクビにしました」

そして陣太郎は忌々しげに舌打ちをした。

「あいつは実に悪いやつです。あれを雇い入れたのは、全くおれの眼の狂いでしたよ」

「へえ。そんな悪者かね？」

職業柄興味をもよおしたと見え、加納はひざを乗り出した。

「見たところ、純情そうな、善良な青年らしかったじゃないか」

「それは猫をかぶっていたのです。まったくとんでもない野郎だったよ、あいつは！」

「何か害でもこうむったかね」

「ええ。害も何も、さすがの陣太郎さんも散々でしたよ。手荒くやられましたよ。アッ、そうだ」

陣太郎はものものしく膝を乗り出し、声を低くした。

「あの野郎。とんでもない難題を先生にふきかけようとしてるんですよ」

「え？　僕に？　どんな難題だい？」

「あの先生の日記ね、おれの油断を見すまして、ちゃんとカメラに撮ってしまったらしいんですよ。全く油断もすきもない奴だ！」

「え？　カメラに撮った？」

「ええ。そのネガと引き伸し写真をおれに見せびらかしやがってね、これで加納先生から二十万円いただくんだなんて――」

「ムチャ言うな。ムチャを！」

加納はたちまち顔面を紅潮させ怒声を発した。

「二十万円だなんて、そんな大金が僕にあるか！」

「そうでしょう。おれもそう言ってやったんですよ。二十万円はムチャだとね」

「すると背高のっぽは、何と言った？」

「何とか彼とか御託を並べてやがるんですよ。だから、おれ、怒鳴りつけてやった。二十万円はムリだから、十万円にしろってね」

「十万円？」

「するとあいつ、とたんにへなへなとなってね、十万円でもいいから、万事松平先生にお願いしますと、こう言うんですよ」


「十万円。それを君は引き受けてきたのか」

押さえつけた声で言いながら、加納明治は陣太郎をにらみつけた。

「この間十万円をやったばかりじゃないか」

「はい。確かにいただきました」

「あの時、君は何と言った？　家令の件については、もうこれ以上迷惑はかけないって、そう言ったな」

「だから、おれは何も要求していませんよ。悪いのは竜之助のやつですよ」

「いくら竜之助が悪いといっても、カメラに撮られた油断という点においては、君に責任がある！」

「そうです。その点は、確かに、おれの手抜かりでした」

陣太郎はばか丁寧に頭を下げた。

「どうも済みませんでした」

「済みませんで済むことか」

加納ははき出すように言った。

「帰って竜之助に伝えなさい。十万円は絶対に出さん。五万円ぐらいなら、出してやらないこともないが、それ以上はビタ一文も出さぬって、そう伝えろ！」

「そ、それじゃあおれの立つ瀬は、ないじゃないですか」

書斎の外の廊下に、先ほどから秘書の塙女史が身をひそめて、じっと聞き耳を立てていた。妙な風来坊の出入りの理由を、探ろうとの魂胆なのであろう。

「おれは十万円で引き受けてきたんですよ。男がいったん引き受けて、それを半額に値切られ、おめおめと戻れますか！」

「僕に相談もせず、勝手に引き受けて、何を言う！」

加納の声は激した。

「五万円だ。現物引き換え、以後いっさい迷惑をかけぬという条件で、五万円だ！」

「十万円！」

「五万円だ！」

「引き受けた以上、おれはどうしても十万円要求します。先生が十万円、出す意志があるかないか」

陣太郎はごそごそと腕時計を外し始めた。

「一分間だけ待ちましょう！」

その陣太郎の動作を見ると、加納明治は直ちに猿臂をパッと違い棚に伸ばし、置時計をわし摑みにした。

「よろしい」

陣太郎はにやりと頰に笑いを刻み、外しかけた腕時計を元に巻きつけた。そこで加納も置時計から掌をもぎ離した。

「月並みな手続きは省いて、五万円におまけすることにしましょう。竜之助にはしかるべく説得しておきます」

「あたりまえだ」

加納は苦り切ったまま答えた。

「現物はどこにある？　どこで引き換えるんだい？」

「そうですな。今夜の七時、新宿のヤキトリキャバレーではいかがです？」

「ヤキトリキャバレー？」

永いこと塙女史に外出を禁止されていたものだから、加納も近頃世情にうとくなっているのである。

「そんなものができたのか」

「あれ。先生、知らないんですか。では地図を書きましょう」

陣太郎はノートを破り、鉛筆でさらさらと書き始めた。それをのぞき込みながら、加納は念を押した。

「これ以上迷惑をかけると、ほんとに承知しないぞ!」

午後六時、加納邸の食堂において、加納明治はスープを半分飯み、ヨーグルトを一匙《さじ》舐めただけで、席を立とうとした。卓上にはまだ肉料理とか、サラダとか強化パンなどが、そのまま手付かずで残っている。

「召し上がらないんでございますか?」

調理台の方から、秘書の塙女史が声をかけた。加納は答えた。

「うん。食慾があまりないんだ」

加納と塙女史との確執は、そのまま冷戦に移行していたが、近頃加納が気がくじけて弱気になっているために、冷戦の形のまま溶けかかって行く気配が見えるのである。

「なぜ食慾がおありになりませんの。何か心配ごとでも?」

加納は黙っていた。すると塙女史は、おっかぶせるように口をきいた。

「今晩、ヤキトリキャバレーにお出かけになりますの?」

「ヤ、ヤキトリキャバレー?」

加納はやや狼狽の色を見せたが、たちまち憤然と口をとがらせた。

「さてはなんだな。塙女史は立ち聞きをしたな!」

「はい。しました」

塙女史はわるびれずに答えた。

「あんなチンピラ風来坊におどされて、金を巻き上げられるなんて、恥かしくありませんの?」

「なに!」

加納は肩をそびやかしたが、見る見る肩の高さを元に戻して、口惜しげな声を出した。

「じゃあ、どうしたらいいんだい。チンピラ風来坊だなんて言うけれど、女史に撃退できるのか」

「できるのかとは何です」

塙女史は昂然と眉を上げた。

「先生の秘書として、あんなのを撃退するなんて、何でもありません」

「それはまた大きく出たもんだな」

加納は投げ出すように言った。

「では、女史にまかせることにするか」

「あいつはチンピラだけでなく、インチキです。確かにインチキ男です」

塙女史は声を大にして断言した。

「あの人相でそれが判りますわ。わたしもしばらくドッグトレイニングスクールで働いたことがありますから、顔かたちや、表情で、内部を見抜くことができますのよ」

「おいおい。犬相と人相とは、一緒にはならないよ」

「いいえ。犬も人間も、大元のところでは同じです」

女史は腹だたしげに、トンと床を蹴った。

「松平の御曹子なんて、インチキにきまってますわよ」

「インチキかなあ」

加納は自信なさそうに首を傾けた。

「でも、あいつは、松平家の内部について、いろんなことを知ってるようだよ。たとえばご譜代会とか――」

「そんなの、ちょっと本で調べりゃ、すぐ判りますよ」

塙女史は電話の方角をきっと指差した。

「ためしに、世田谷の松平家に、電話をかけてごらん遊ばせ。陣太郎というどら息子がいるかいないか」

「そうだな。一度電話してみる必要があるな」

加納は腰を浮かせた。電話の方に歩いた。

午後七時半、ヤキトリキャバレーの片隅に、加納明治は小さくなって、ひとりでハイボールを甜めていた。慣れない場所だし、周囲のほとんどが年若い客なので、どうしても小さくならざるを得ないのである。

その時階段をかけのぼり、足どり軽く入ってきた陣太郎が、その加納の背中をぽんと叩いた。

「やあ。先生。お待たせしました」

「お待たせしましたじゃないぞ」

加納は眼を三角にして、陣太郎を見上げた。

「見ろ。三十分も遅刻したじゃないか」

「ええ。なにしろねえ。竜之助を説得するのに、すっかり時間を食っちゃったんですよ」

陣太郎はごそごそと、加納の傍の席に割り込んだ。

「それで、説得できたのか?」

「ええ。おれがこんこんと言い聞かせたものですから、やっこさん、すっかり前非を悔いて、涙をぽろぽろ流していたようです」

「そうか。それじゃあタダでネガを戻すと言うんだな」

「いえ。五万円ですよ。タダとは先生もずるいなあ」

「だって今、竜之助はすっかり前非を悔いたと言ったではないか」

「そうですよ。十万円も要求したという点で、前非を悔いたんですよ。僕としたことが、十万円も要求するなんて、大それたことだった、五万円で我慢すべきだったと、涙をぬぐっていましたよ」

「変な論理だなあ」

加納は呆れて、陣太郎の顔をじろじろと見回した。陣太郎はけろりとして、指を立て、ハイボールを注文した。

「時に、訊ねるが、君の本邸は世田谷だと言ってたな」

「そうですよ。世田谷の松原町」

「今日僕はその世田谷邸に、電話をかけた」

加納は眼をするどくして、声にすご味を持たせた。

「すると、陣太郎などという人は、全然知らないという話だったぞ。これはいったいどういうわけなんだ!」

「あれ、電話をかけたんですか。そりゃまずいことをしたなあ」

卓をたたいて陣太郎は長嘆息をした。

「それは知らないというわけですよ」

「なぜだ?」

「だって今、本邸では、相続問題で、てんやわんやなんですよ。それに――」

　陣太郎はあたりを見回して、声を低めた。

「まだ先生には話してなかったけど、おれ、実は、妾腹の子なんですよ」

「妾腹？」

「ええ。だからねえ、そこらの問題がいろいろこじれているから、外部から電話をかけて、陣太郎って知ってるかと聞いても、知っていると答えるもんですか。内部のごたごたをさらけ出すようなもんですからねえ」

「………」

「新聞記者にかぎつけられたんじゃないかと、きっと今頃本邸は大騒ぎしていますよ。先生は自分の名を名乗ったんですか？」

　加納はしょぼしょぼと首を振った。

「まったく先生は余計なことをしましたなあ」

　陣太郎はハイボールをぐっとあおった。

「時に、五万円、持って来たでしょうね」

　加納はさらにしょぼしょぼとなり、がっくりとうなずいた。

泥仕合

三吉湯と泉湯の確執は、今や完全な泥仕合の領域に入った。

三吉湯が同調して、湯銭を十二円に下げてから五日目に、十円に値下げの宣言文が、泉湯の玄関にでかでかと貼り出された。

直ちに三吉湯は、それに呼応して、十円に値下げを発表した。

それから一週間目に、泉湯玄関の宣言文中の『十円』の文字が『八円』と訂正された。

するとその翌日、追随するばかりでは不甲斐なしと思ったのか、三吉湯は『七円』に値下げを断行した。浅利圭介支配人の献策であろう。

翌々日、泉湯は『五円』に値下げ。

即日、三吉湯も同調。

両湯とも、五円の湯銭を保持しながら、そのまま一週間が経過した。これ以上値下げすると、消耗度がはげしくて、とても持久戦はできない。

よろこんだのは近所合壁、界隈の人たちである。それはそうだろう。三分の一の値段で入湯できるのだから、よろこばない筈がない。

今まで隔日に入湯していた人も、毎日入湯するようになり、毎日入湯の人は、一日二回もやって来るという現象を呈した。

その結果、ここら一帯の住民たちは、非常に清潔となり、皆石鹸の匂いをぷんぷんさせて、ほがらかに街を歩いた。

ここら区域の小学校の生徒たちも、衛生状態がぐんと良好になり、病欠者の数が激減した。医者は暇になり、石鹸屋は儲けた。

三分の一に値下げしただけで、このような顕著な影響があらわれるのであるから、いかに日本人と銭湯とが密接な関係にあるかが判る。

「泉湯が五円だとよ」

「三吉湯もそうだとよ」

噂は次々拡がって、他の地区からもどしどしと押し寄せ、中にはバスや都電に乗って来る粋狂なのもいて、両湯とも千客万来の状況であった。千客万来だとはいえ、湯銭が五円だから、とても黒字というわけにはいかない。

困ったり怒ったりしたのは、近接している銭湯たちである。お客を皆両湯に吸い取られて、がらがらになってしまった。

そこで彼らはたまりかねて、東京都浴場組合本部に提訴した。

組合も放置しておくわけにいかない。直ちに人を派遣して、値下げ中止を申し入れた。

「イヤです。どうしてもとおっしゃるなら、わしは組合を脱退させていただきます」

重ねて組合理事が勧告に訪問した時、三吉と恵之助は、しめし合わしたわけでもないのに、同じようにそうはねつけた。脱退すると言われては、組合も手のつけようがない。

そこら界隈の人々が、清潔になりいくにつれて、恵之助も三吉も栄養失調の傾向が強くあらわれてきた。恵之助は痩せ細り、三吉はむくんできた。栄養失調と言っても、体質によって、病状のあらわれ方が違うのである。

家族たちはどうであるかというと、泉湯においては、息子の竜之助は、時おり父親の眼をぬすんで、ヤキトリなどを食べに行くから、失調具合もまださほどではない。三吉湯の方は、三吉をのぞくと、あとは皆女性である。女性というものは、生命力が強靭といおうか、あるいは図々しいといおうか、同じものを食っているくせに、なかなか参らないのである。参りかけているのは、男性の三吉だけであった。

「竜之助や。ごはんだよ」

泉恵之助は茶の間から声をかけた。人件費節約上、家事の小女を解雇したから、食事の用意は親子で、一日交代でやることになっている。今日は恵之助老の当番であるが、なにしろおかずが梅干、時たまメザシがつく程度だから、ほとんど手はかからないのである。

「はあい」

穴だらけの障子の自室から、竜之助はふらふらと茶の間にあるいて来た。うんとこどっこいしょとあぐらをかきながら、恵之助老はいぶかしげに膝を立て、膝頭を指でこつんこつんと弾いた。

「おかしいな。どういうわけか、ここががくがくする」

「栄養が足りないんだよ、栄養が！」

竜之助はき出すように言ってチャブ台を見回した。

「あああ。今晩もまたメザシに梅干か」

「ゼイタクを言うな、ゼイタクを。風呂銭はわずか五円だぞ」

恵之助は力のない声でそうたしなめながら、焼酎の二合瓶をとり上げた。息子の当番の時はあきらめているが、自分の当番の時は、恵之助は晩酌を忘れないのである。

「さあ。お前にも一杯いこう」

「焼酎なんか飲んでる時じゃないよ」

そう言いながらも、竜之助は湯呑みをにゅっと突き出した。

「いい加減に湯銭を十五円に戻して、マグロのトロでも食べようよ」

「マグロのトロ。ううん」

恵之助はうなった。トロという言葉を耳にしただけでも、ぐんと胃にこたえて来るのである。

「そうだよ。マグロのトロ！」

竜之助は言葉に力をこめた。

「おいしいよう。口の中でとろとろと溶けるようなのをさ」

「そういうわけにはいかない」

誘惑をふり切るように、恵之助はチャブ台をどしんと叩いた。

「三吉の野郎が値上げしないのにこのわしばかりが値上げできるか！」

「しかしねえ、お父さん」

竜之助は湯呑みをなめながら、父親の顔をうかがった。

「五円のままでにらみ合っていては、結局は両方共だおれになると思うんだよ。それじゃあつまらないじゃないの」

「共だおれになってもかまわない。向こうが先に手を出したんだ」

「そうじゃないよ。お父さんの方が、先に手を出したんだよ」

竜之助は熱心な口調になった。

「お父さんが先に、十二円に下げたんだよ」

「そりゃいかにもわしが先に、十二円に下げた」

恵之助はがくんとうなずいた。

「しかし、なぜ十二円に下げたかというと、向こうが新築を始めたからだ。新築さえ始めなきゃ、わしは値下げをやらないぞ」

「では、新築を中止したら、お父さんは十五円に戻す？」

「戻すよ。しかし、もう半分でき上がってるんだから、いくら三吉の野郎が前非を悔いても、中止というわけにはいくまい」

「だからさ。あれが風呂屋にならなきゃいいんだろ」

「風呂屋にならなきゃ、何になるんだ？」

「たとえば、劇場か何かにさ」


「劇場？　芝居小屋か」

泉恵之助は顔を上げ、息子に反問した。

「芝居小屋とはまた突拍子もないことを言い出したもんだな」

「突拍子もあるよ」

湯呑みをぐっとあおって、竜之助は口答えをした。

「風呂屋と劇場とは、建築学上、類似した点が非常に多いんだよ」

「ふふん」

恵之助も湯呑みを傾けながら、鼻の先で冷笑した。

「あんなところに芝居小屋をつくって、客が入って来るもんか」

「客が入ったって入らなくたって、かまわないんだよ。貸劇場にして、貸し賃を取るんだから」

竜之助はおのずから熱心な口調となった。

「今は、東京だけで、劇団の数が四十いくつあるんだよ。それに対して、劇場の数は寥々《びび》たるもんだし、第一に劇場代が高い。だからあの新築中の三吉劇場、いや、三吉湯を劇場にして、適正な値段で貸せば、いくらでも借り手はあると思うんだよ」

「いやにお前は熱心だな」

いぶかるような視線で、父親は息子を見た。

「いくらお前が力んでも、三吉がその気にならなきゃ、何にもならないじゃないか」

「うん。そこなんだよ」

空き腹に焼酎が回ったのか、竜之助の口調には勢いがついた。

「あの三吉湯ね、実は三吉おじさんは建てる気はなかったんだよ」

「なに？　建てる気はなかっただと？」

「そうなんだよ。あの土地をハナコおばさんが、へそくりで買っといたんだって。だから三吉おじさんも、遊ばせとくのはもったいないって、余儀なく建て始めたんだってさ」

「お前、三吉湯の内部のことを、実によく知ってるな」

恵之助はじろりと息子の顔をにらんだ。

「スパイでも入れてあるのか？」

「じょ、じょうだんでしょう」

竜之助は狼狽の色を見せた。

「だからさ、持ちかけようによっては、三吉おじさんも賛成してくれると思うんだ」

「新築は今、どのくらい進行している？」

「この頃工事してないようだよ。金がつづかないんでしょう」

「ううん。ざまあ見やがれ」

恵之助はうなって、腕を組んだ。

「現場のもようをわしも見に行きたいが、なぜか近頃膝ががくがくして、歩きづらい。お前、明日でも一走りして、写真を撮って来てくれ。そうすればわしは、動かずに済むから」

「写真？」

竜之助は頭に手をやり、困惑した声を出した。

「カメラが今、手元にないんだよ」

「どうしたんだ？」

「陣太郎さんに貸したら、戻してくれないんだよ」

「戻してくれない？　そりゃ困るじゃないか。ひったくってでも取戻して来い」

「手元に持ってないと言うんだよ」

竜之助は情なさそうに声を慄わせた。

「確実なる某所に預けてあると言うんだ」

「確実なる某所？」

恵之助は眼を剥いた。

「まさか一六銀行じゃあるまいな」

「いくらオサツが安いからといって、焼芋と納豆とは妙な取り合わせねえ」

猿沢家の娘部屋で、ごろりと畳に寝そべりながら、長女の一子が妹の二美に言った。

「それに夕飯じゃないの。おやつに焼芋と言うのなら判るけど」

「ほんとにそうよ」

二美も並んで寝そべりながら、相槌を打った。

「近頃、あたし、なんだか身体がだるいわ。姉さんも近頃、美容体操をやらなくなったわねえ」

「あたしだってだるいのよ」

そう言いながら一子は、脚を上げて体操の形をしようとしたが、すぐにだるそうに元の姿勢に戻った。

「ほんとにお父さんの頑固には困るわねえ。値下げ競争なんて、まったくイミないよ。竜ちゃんも近頃は、ひょろひょろしてるわ」

「竜ちゃんはボディビル、まだやってるの？」

「やりたいんだけど、バーベルが持ち上がらなくなったってさ」

憂わしげに一子は答えた。

「梅干とメザシでは、持ち上がらないのも当然よ」

「ふだんでも竜ちゃんはひょろひょろしてるのに、梅干とメザシではねえ」

二美も同情的な口をきいた。

「では、姉さんたちも、恋愛のエネルギーは出ないでしょうねえ。抱擁だの接吻だの——」

「また生意気を言う!」

一子は寝がえりを打って妹をたしなめた。

「まだ十六やそこらのくせに、余計な心配をするんじゃないよ」

「心配するわよ」

二美は口答えをした。

「うちのお父さんも頑固だけれど、泉のおじさんも頑固ねえ。いったいどういう気持で張り合ってるのかしら」

「実際近頃の大人の気持は判らないのよ」

一子は元の声になった。妹の生意気を怒る気持も、エネルギー不足のために、持続しないものらしい。

「竜ちゃんの話では、泉のおじさんも近頃、膝がガクガクするって、不思議がっているそうよ。

栄養失調にきまってるわねえ」

「そうよ、うちのお父さんだってこの頃妙にむくんで来たでしょう。あれ、やっぱり、サツマイモの関係よ」

概嘆にたえないような声を二美は出した。

「それにさ、日が落ちてうす暗くなると、新聞の字がうまく読めない、老眼がひどくなった、なんて騒いだりしてるの。老眼なんかじゃあないわねえ」

「そうよ。もちろん栄養失調よ」

一子は声に力をこめて断定した。

「栄養失調にまでなって張り合うなんて、お父さんはどんな気持かしら。新築の方も建ちかけたまま放ってあるし――」

「放ってあるからこそ、あいびきができるんじゃないの」

「また生意気を言う!」

一子はまた眼を三角にした。

「そんなむだ口をきく暇があったら、そっと茶の間に行って、お父さんたちがどんな話をしてるか、そっと聞いておいで」

「はい」

二美は素直に、はずみをつけて起き上がった。

猿沢家の茶の間では、夕飯の後かたづけの済んだあと、猿沢三吉は畳に腹這いになり、妻のハナコから指圧療法を受けていた。レスリングなんかを練習している関係上、ハナコの指の力は相当に強く指圧には持ってこいなのである。

「あなた、血圧の具合は、近頃どう?」

亭主の首筋をぐいぐい押しながら、ハナコは訊ねた。

「近頃、食事が食事だから、具合がいいんじゃない?」

「うん」

首筋をぐりぐりやられて、顔をしかめながら三吉は答えた。

「あまり具合はよくない」

「あら。なぜでしょう。よくなる筈よ。脂肪と食塩のとり過ぎということがなくなったんだから」

「うん。でも、どうも身体がだるいし、急に立ち上がると、めまいがしたりするんだ」

三吉はまた顔をしかめた。

「もっともこれは、血圧のせいじゃなくて、動物性蛋白質とビタミンの不足、それから来てるんじゃないかと、わしはにらんでいる」

「でも、食費が一日六十円ではねえ」

ハナコの指は首筋から、背骨の方に下降した。

「とても蛋白質やビタミンを充分に、というわけにはいかないわ」

「それもそうだなあ」

茶の間の外の廊下を、次女の二美が足音を忍ばせて歩いてきた。障子のかげに立ち止って、耳のうしろに掌をあてがい、聞き耳を立てた。

「湯銭の五円は、当分続きそうなの?」

ハナコは三吉の胃の裏側を、ぐりぐりと押した。

「娘たちも、そろそろ参ってきたらしいわよ。育ち盛りだから、どうにかしてやらなくちゃ」

「その点はわしもいろいろと考えてはいるが、泉湯のやつがまだへたばりやがらない」

三吉は無念げに畳をかきむしった。

「泉湯をぶったおすには、いろいろ考えたが、早く新築を仕上げる他に手はない。あれが最後のきめ手だ」

「新築を仕上げるって、金はどうするの?」

「そ、それが頭痛のたねなんだ」

「上風さんはダメなの?」

「うん。ダメらしい。あそこの運ちゃんたちが、事故ばかり起こして、弔慰金がかかってしょうがないんだってさ」

「それじゃあ困るわねえ」

ハナコは指を休めて嘆息した。

「金の都合ができなきゃ、新築は建たない。新築が建たなきゃ、いつまでも泉湯が頑張る。泉湯が頑張れば、食費六十円がいつまでもつづく。これじゃあとても、あたしはやっていけないわ」

「うん」

三吉は面目なさそうに、畳に額をこすりつけた。

「最後の手段が一つだけ残っている」

「どんな手段？」

「あの松平陣太郎という青年な、あれに一子をめあわしたらどうだろう」

「え？　一子を陣太郎さんに？」

「うん。それで陣太郎君を、本邸に復帰させるのだ。本邸に戻れば、陣太郎は大金持だ。風呂屋の新築費ぐらい、いくらでも出してくれるだろう」

「一子を陣太郎さんにねえ」

あんまり唐突な提案だったらしく、ハナコはふうと吐息をもらした。

「でもねえ、まだ早くはない？　一子はまだ二十歳だし」

「二十歳といえば、もう子供じゃない。もっと揉んでくれえ」

三吉は顔をねじ向けて、指圧を催促した。

「それにお前はこの間、一子が恋わずらいをしてるらしいと、わしに報告したではないか。変な恋わずらいをされるより、この際思い切って陣太郎君に――」

「あの陣太郎さんって人、なにかふわふわしてるみたいで、あたし信用できないわ」

三吉の背骨をぐりぐり押しながら、ハナコは言った。

「何か足が地についていない感じね」

「そりゃ家出中だからだ。家出をすれば、誰だって足が地につかない」

茶の間の外の廊下では、二美が両掌を耳のうしろにあてがい、姉上の一大事とばかり、眼を丸くして、聞き耳を立てていた。

「家出中で、金もないから、ちょっとぐれたようなところもあるが、邸に戻ればちゃんとした若様だからな。相続でもすれば、おっとりと落着くよ。そうすれば一子も令夫人だ」

「邸はどこにあるの?」

「うん。なんでも世田谷の方だと言ってた」

ハナコの指が急所のツボをぎゅっと押したので、三吉はウッと声を出した。

「家令なんかも使って、相当の邸らしいよ。刀なんかもたくさんあって、一本売れば百万円ぐらいになるんだってよ」

「でも、陣太郎さんは、邸に戻ろうという心算はあるの?」

「うん。そこが問題なんだ」

また指圧が利いたらしく、三吉の手は畳をかきむしった。

「帰邸して、相続するんじゃなきゃ、一子をやるわけにはいかんな。一子をやるから、直ちに帰邸しろと、勧告してみるか」

二美は足音を忍ばせ、足をひょいひょい上げる歩き方で廊下を歩き、娘部屋に戻ってきた。

一子は相変らず畳に寝そべり、鼻歌でシャンソンをうたっていた。

「お姉さん。大変よ!」

「何が大変だい?」

「お姉さんと竜ちゃん、ますます悲恋になるわよ」

二美も一子に並んで寝そべった。

「また生意気を言う!」

一子はだるそうに舌打ちをした。

「いったいどうしたんだい?」

「お父さんがね、お姉さんのことを——」

二美は声を低めた。

「陣太郎君とめあわせるんだってさ」

「陣太郎君と?」

さすがに驚愕して、一子はむっくり起き直った。

「そんなムチャな。ひとの気も知らないで。いったいお父さんは、どういうつもりで、あたしをあの魚男《うおおとこ》とめあわせようというの?」

「あの魚男の本邸から、金をひき出して、早いとこ新築しようと言うのよ。金のために引き裂かれるなんて、いよいよもってお姉さんと竜ちゃん、可哀そうねえ」

「引き裂かれてたまるかってんだ」

一子は眉をつり上げて、伝法なたんかを切った。

「よし、あたし、今から出かけて、竜ちゃんに相談してくるわ」

「それからもう一つあるんだ」

ハナコに背骨を押されながら、

三吉の声は沈痛になった。

「お前にはまだ話してなかったがわしの曾祖父《ひいおじい》さんが、わしの子供の時、そっと話してくれたことがある」

「どんなことを?」

「曾祖父さんの曾祖父さん、つまりわしから六代前のご先祖さまだな」

三吉は肥った首を左右に動かして、声を低めた。

「その六代前さまのお尻にだな、尻尾が生えてたと言うんだ」

「シッポ？」

「しっ。声が高い」

三吉はあわててたしなめた。

「うん。ごく短い尻尾だ。その六代前さまから、わしの家の系図が始まっているらしいのだ」

「すると、それから前は？」

ハナコの手はそっと三吉の尻に伸びた。それと知って三吉は、腹立たしげにハナコの手をはらいのけた。

「わしにはない！」

「いえ。ここを揉んで上げようと思ったのよ」

「人間が動物から進化したということは、これはもう定説であり、常識になっている。わしの家は、その、つまり、進化の時期がすこし遅れたんだ」

「いくらなんでも、六代前とは、そりゃすこし遅れ過ぎてますよ」

三吉の尻を指圧しながら、ハナコは長嘆息した。

「あなたの曾祖父さんが、子供のあなたをからかったんじゃない？」

「うん。そうかも知れん。曾祖父さんはひょうきんな人だったと言うから」

三吉は救いを得たごとく合点合点をした。

「でもわしは、それ以来、どうもそれがコンプレックスになっていて、だから泉湯の野郎に山猿呼ばわりをされると、むらむらっと腹が立つのだ」

「そうねえ。泉湯さんも口が悪いからねえ」

「だから、泉湯の野郎が、あれを取消さない限り、わしも絶対にあとには退けない。これはもう損得の問題じゃない。な、お前にも判るだろう」

「判りますよ。判りますけれど、いつまでも芋飯に納豆とは――」

言いかけてハナコははらはらと落涙した。

「泣くな！」

三吉は頭をもたげて怒った。

「不吉の涙を、わしに見せるな」

「はい」

ハナコは気を取り直して、指圧を再開した。

「だからな、わしの家系には、野性の血が充ちあふれている。あふれ過ぎているくらいだ」

三吉は説き聞かせる口調になった。

「陣太郎君とめあわせようというのも、そこを考えてのことなのだ。なにしろ、松平家といえば、家柄も古いし、したがって進化も早かったのだろう。家柄が古いから、純粋じゃあるだろうが、血の中に野性味は失われてるだろう。だからわしんちと一緒になれば、ちょうどいいのだ」

「でも、陣太郎さんは、それほど純粋かしら？」

ハナコは疑問を出した。

「どうもあの人は粗野な感じがするわ」


ネッカチーフで頬かむりして、猿沢一子は暗い夜道をとっとっと急いでいた。かねての栄養不足で、とかく小石につまずきそうになりながら、やっと泉宅のくぐり戸にたどりついた。

「神様。泉のおじさまに見付けられませぬように」

一子は心に念じながら、そっとくぐり戸をあけ、中に忍び入った。足音を立てないようにして、裏手に回った。

泉竜之助の部屋には灯がともっていた。

窓辺に顔をすりよせ、一子は曇りガラスをこつこつと叩いた。内から声がした。

「誰だ？」

「しっ！」

一子は指を唇にあてた。

「あたしよ。一子よ」

た。

「え？　一ちゃん？」

竜之助もびっくりしたらしく、声をひそめた。灯がぱっと消され窓が内側からそっと開かれた。

「ど、どんな用事だい？」

竜之助は窓から半身を乗り出してどもった。

「何か兇《わる》いことでも起きたのか？」

「竜ちゃん！」

一子は手探りでいきなり竜之助の頭に抱きつき、熱っぽくささやいた。そのために竜之助の身体はあやうくすってんころりと庭に落ちかかった。

「あ、あぶない！」

窓枠にしがみついて、竜之助は思わず大声を立てた。

「しっ！」

二人はそのまま、闇の中で耳をするどくして、茶の間の方の気配をうかがっていた。しかし茶の間の方ではこととも音はしなかった。

「おじさま、いらっしゃるの？」

「いるんだよ。だから声を低くして」

真の闇の中で二つの唇は、あたかもレーダーでも具えているかのごとく、相手の所在を感知して接近した。恋というものは、実に不思議な力を人間に与えるものである。

「竜ちゃん。大変なことが起きたのよ」

やがて唇を引き離して、一子は悲しげな声でささやいた。

「お父さんが、あたしのことをね、陣太郎にめあわせるんだって」

「え？　陣太郎さんに？」

「そうなのよ」

「そ、それは、いったい、どういうつもりなんだ」

竜之助の声は怒りを帯びて慄《ふる》えた。

「三吉おじさんが君に直接そう言ったのか」

「あたしに直接ではないの。そんな話をしてるのを、二美がぬすみ聞きしたのよ」

「ぬすみ聞き？　じゃまだ本式の話じゃないんだね」

竜之助はやや安心した声になった。

「どういうことから三吉おじさんは、そんな気になったんだろう」

「新築がはかどらないものだからお父さんはいらいらしてるのよ。だからあたしを、陣太郎にめあわせて、松平家から建築資金を——」

「そ、それじゃあまるで金色夜叉じゃないか。まさか君はお宮みたいに——」

「松平家なんかに行くもんですか！」

心外な、といった言い方を一子はした。

「あたしは竜ちゃんのものよ。誰があんな魚みたいな男のとこに行くもんですか。誰が！」

「手切金？　その取立てを、このおれにやってくれと言うのか？」

陣太郎はびっくりしたように反問した。

「そうよ」

真知子は可愛くうなずいた。

「だって、二号生活をしながら学問をやるのは、いけないことだ、筋違いだ、ニセモノの生活だと、そちらから言い出したんじゃないの。そちらで責任を持つべきよ」

富士見アパートの二階の真知子の部屋で、チャブ台をさしはさんで、真知子と陣太郎は南京豆をサカナにして、ウイスキーのグラスをかたむけていた。引越当初に階段で衝突、トーストをご馳走になったのをきっかけにして、陣太郎は例によって、うまいこと真知子と接触を深めていったものらしい。

「陣ちゃんがそんなに言うもんだから、あたし、二号生活を清算する気になったのよ。でも、清算すれば、たちまち学資に困るじゃないの」

「自分で切り出せばいいじゃないか」

陣太郎はまぶしそうな顔になって、ぐっとグラスをあおった。

「切り出したんだけど、なかなかうんと言わないのよ」

真知子はいらだたしげに、チャブ台をぽんと叩いた。

「じゃあ奥様んとこにいただきに行くとおどすと、たちまちまっさおになって、平蜘蛛のようになっちまうの。ひどい恐妻家よ」

「では実際に、奥さんとこに貰いに行けばいいじゃないか」

陣太郎はとぼけた表情をつくった。

「おれをわずらわすことはなかろう」

「でもね、奥様んとこに貰いに行けば、てんやわんやになって、あぶはち取らずになって、元も子もなくなると思うのよ。だからどうしても交渉は、第三者の方がいいのよ」

「手切金って、どのくらい欲しいんだい？」

「あたし、六か月分？　と切り出したのよ。つまり六万円ね」

「六か月分？　そりゃあムチャだよ」

酔いで赤らんだ額をたたいて、陣太郎は嘆息した。

「まあ三か月分というところだな、それならおれは引き受けるよ。ことに彼氏は只今、値下げ競争で困ってる最中だし――」

「おや？」

真知子はいぶかしげな視線を、するどく陣太郎に投げた。

「陣ちゃんは猿沢を知ってるの？　なぜ知ってるの？　値下げ競争のことまで」

「いや、なに、えへへ」

陣太郎は笑いで失言をごまかそうとした。

「どうしたのさ。どうして知ってるのさ」

真知子はぐいと膝を乗り出した。

「き、きみから、そんな話を聞いた。聞いたような気がする」

「そんな話、あたしは陣ちゃんに、一度もしませんよ！」

真知子は眼を大きく見開いて、まっすぐ陣太郎を見つめた。

「陣ちゃん。顔を上げて、あたしの顔を見なさい」

陣太郎の口辺から、笑いのかげが消えた。悪びれずに、まっすぐ顔を上げた。真知子はまばたきもせず言った。

「なぜ？」

にらみ合ったまま、三十秒ほどたった。陣太郎はしずかに口を開いた。

「君を好きになったからだ」

「好きになったって？　あたしのことを？」

虚をつかれたと見えて、真知子は声の調子を狂わせた。

「そうだよ」

陣太郎は落着きはらって答えた。

「だから君の旦那のことを、そっと内偵して見たのだ。そして、どうすればあの猿沢三吉から、君を奪取できるか——」

「あたしを好きになったって、いつから?」

真知子はほのぼのと顔をあからめていた。アルサロだの二号だのを経験していても、根は純情なのであろう。

「あたしのどこを、陣ちゃんは好きなの? あたしって、筋違いよ。ニセモノよ。インチキよ。だって陣ちゃんが今さっき、そう断定したんじゃないの」

「いや、君はまるまるインチキじゃない。ちょっと筋が違っているだけだ」

陣太郎の口調は熱を帯びた。

「おれは君のような生き方が好きなんだ。顔や形は問題じゃない。ひとりぼっちで、大風の中をさからって歩いて行くような、君のその鮮烈な生き方が好きなのだ。さあ、飲もう」

陣太郎は真知子のグラスに、とくとくとウイスキーをみたしてやった。

「ただ君は、ちょっと筋違いをしてるために、鮮烈が鮮烈そのものでなくなって、ぼやけてしまっているんだ。鮮烈な生き方ができる筈なのに、愚劣な日常に自分を埋没させてしまっているんだ。一葉論を仕上げるために、三吉おやじの世話になるなんて、何だかばかばかしいとは思わないか」

「だって、卒業までだもの」

真知子はグラスをあおった。

「卒業したら、そこからあたしの新しい本当の人生が始まるのよ。それまでは歯を食いしばって、辛抱して——」

「そんな理屈があるか！」

陣太郎は激しくチャブ台をひっぱたいた。

「人間というものはだね、現在生きている瞬間瞬間を、完全に、フルに、生きなくちゃいけないんだ。今生きている現在の瞬間が、自己表現の場なんだ。君は今、自己表現を怠けている。鮮烈に自己を表現していない。すなわち君は、生きながら、死んでいる！」

「では、陣ちゃんは！」

真知子の声は慄えた。

「陣ちゃんは完璧に生きてるの？　自己表現をしているの？」

「している！」

陣太郎は胸板をどんと叩いた。

「おれはおれなりに、立派に自己を表現している。おれにとって、これ以外に生き方はない、という生き方をしている！」

「それは、家出をして、生活しているということ?」

「家出?　家出なんか問題じゃない」

陣太郎の声は急に重く、かつ暗くなった。

「家出なんてものは、問題の本質から言うと、末の末だ。家出したって、しなくったって、どっちだっていいんだ」

「じゃあ、あたし、どんな生き方をしたらいいの?」

真知子の態度は急に弱々しくなり、眼は不安げにまたたいた。

「どうしたらいいの。教えて」

「こうしたらいいんだ」

陣太郎は蟹のように横に這って、チャブ台を回った。真知子の肩に手をかけて、引き寄せた。真知子の身体はずるずると陣太郎の膝にくずれた。


泉竜之助は長身の背を曲げ、とっとと夜道を急いでいた。富士見アパートの前まで来ると、立ち止って二階を見上げた。

「おや、電灯がついてない。留守かな」

がっかりしたように竜之助はつぶやいた。

「またヤキトリキャバレーにでも行ったのかな。とにかく上がって見よう」

竜之助は玄関に入り、とことこと階段を登った。階段を登り切った時、ちょうど真知子の部屋から出てきた陣太郎と、ぱったり顔を合わせた。

「陣太郎さん」

「ああ、竜之助君か。何か用事か。まあおれの部屋に行こう」

陣太郎はウイスキーの瓶をぶらぶらさせながら先に立ち、部屋に入った。スイッチを入れ、電灯をつけた。竜之助もつづいて部屋に入った。

「いいご身分ですなあ。ウイスキーなんかを飲んで」

竜之助はうらやましそうに嘆息しながら、陣太郎と向き合って坐った。

「僕んとこなんか、焼酎ですよ。それも親爺のご相伴で、ほんのちょっぴり」

「しけてるな、君んとこは」

湯呑み二箇を陣太郎は畳に置いた。

「そしてサカナは相変らずメザシか」

「そうですよ。メザシに梅干」

竜之助はタンと舌を鳴らし、うまそうに湯呑みを舐《な》めて、陣太郎の顔を見た。

「おや。陣太郎さんの唇、今夜はいやに赤いですね。ウイスキーのせいかな?」

「なに。唇が赤い?」

陣太郎は少々狼狽して、手首で唇をこすった。真知子の唇からうつった口紅が、その手首にあかい縞をつけた。

「こ、これは何でもない」

さすがの陣太郎もどもって、それをごまかすために、怒ったような声を出した。

「いったい何の用事だい？」

「いろいろ用事はあるんですがね」

また竜之助は湯呑みを傾けた。

「つかぬことをお伺いしますが、陣太郎さんは現在、世田谷の本邸に戻る意志はあるんですか、ないんですか？」

「本邸？」

警戒したように、陣太郎は上目で竜之助を見た。

「どうしてそんなことを聞くんだ？」

「いや、ただちょっと」

「戻る気はないよ。戻ると十一条家の娘と見合いをさせられる」

「見合いがイヤだというのは、十一条家の娘が嫌いなんですか。それとも――」

竜之助の声は真剣味を帯びた。

「それとも、女一般が嫌いなんですか？」

「女一般？　女一般はおれは大好きだよ」

「では十一条家以外の女と結婚する、ということはあり得ますね」

「それはあり得るだろう」

陣太郎も悠然と湯呑みを取上げた。

「近い中にある女性と、おれは一緒になるかも知れない」

「ある女性?」

竜之助はごそごそと膝を乗り出した。

「そ、それはどんな女性です? まさか僕の知ってる女性じゃないでしょうね。たとえば、猿沢一子」

「ああ、一子か。あんなチンピラ小娘は、おれの好みに合わん。頼まれたって、おことわりするよ」

「チンピラ小娘は好みに合わん、ですか」

自分の恋人をチンピラ呼ばわりされて、竜之助はにこにこと満悦顔になった。

「とすれば、ある女性と言うのは?」

「それは君と関係ない」

ぴしりときめつけて、陣太郎は湯呑みを下に置き、ぽんと膝をたたいた。

「ああ、そうだ。クイズの文案をつくっておいたよ」

「クイズの文案?」

「そうだよ。こいつは強力だよ」

リュックサックの中から、陣太郎はごそごそと一枚の紙を取出した。

「さあ、これだ。最後の切札だ」

「もうクイズはいいんですよ。湯銭が五円で、クイズなんか出せるもんですか」

「このクイズは店に貼り出すんじゃないよ。そんなちゃちなものと違う。特別製だ」

陣太郎はひらひらと紙片を振った。

「これは三吉おやじに見せるためのものだ。これを見せさえすれば、三吉おやじはたちまちへなへなになってしまう。三吉おやじを蛇とすれば、これはナメクジだ」

「どれどれ」

興をもよおしたらしく、竜之助はその紙を受取った。眼を据えた。

□□□□は□を□っている　その□を真□子という　□太郎

「何です、これは?」

竜之助は首をかしげた。

「すこし伏字が多過ぎやしませんか。最後の□太郎というのは?」

「それはすぐ判るだろう。陣太郎だよ」

「では、真□子というのは？」

「そんなに一々教えてやるわけにはいかない」

陣太郎はそっぽを向いた。

「君が読めないでも、三吉おやじにはすぐ読めるのだ」

「では、さっそく三吉おじさんに見せて、ためしてみましょう」

「さっそくためしてみろと、おれは言わないぞ」

陣太郎は声を険《けわ》しくした。

「このクイズはだな、劇薬みたいなものだから、使いようによっては薬にもなり、毒ともなるのだ。使用の時期は、おれが指定する。おれがよしと言うまで、絶対に使ってはいけないよ。それまでは大切に、ポケットにしまっておけ」

「使っちゃいけないんですか」

竜之助は不服そうに頬をふくらませ、紙片をたたんで内ポケットに入れた。

「アッそうそう。それからね、うちの親爺がね、新築の進行状態を知りたいから、陣太郎さんからさっそく取り返して来いと言うんですよ」

「何をだ？」

「そらっとぼけちゃダメですよ。カメラですよ」

「カメラ？」

陣太郎は視線をうろうろさせた。

「まだ覚えてるのか」

「覚えてますよ。忘れるもんですか！」

竜之助は声を大にした。

「いったいどこに置いてあるのです？　確実な某所だなんて、まさか一六銀行じゃないでしょうねえ」

「ご名答。そのものずばりだ！」

陣太郎は快心の微笑とともに、膝をポンとたたいた。

「おれの秘書になって以来、君もなかなかカンが良くなったなあ。たいしたもんだ」

「たいしたものだなんて、そんな勝手な！」

泉竜之助はたちまちふくれっ面になった。

「あれは僕のカメラですよ。五万円もするんですよ。それを僕に無断で、質に入れるなんて」

「まあ待て。そのうちに出してやる」

陣太郎は左手で、いきり立つ竜之助を押しとどめ、右手で悠然と湯呑みを口に持って行った。

「強力なクイズをつくってやったじゃないか。それに免じて、五日か六日まで」

「クイズはクイズ、カメラはカメラです」

ふくれっ面のまま竜之助は頑張った。

「おやじからきつく言いつかって来たんですよ。ひったくってでも取戻して来いって」

「ひったくろうにも、ここにはないよ」

「どこに置いてあるんです。どこの質屋です？」

「ここだ」

陣太郎は面倒くさそうに、内ポケットから質札をつまみ出し、ふわりと畳の上に投げた。竜之助はあわててそれをつまみ上げた。

「僕が出すから、お金をください」

「なに。質札だけでなく、金まで出せと言うのか」

「そうです。あたり前ですよ」

竜之助は口をとがらせた。

「元金だけじゃなく、利子の分もですよ」

「金か」

湯呑みを下に置き、陣太郎は腕を組み、鬱然と首をかたむけた。

「ええ、仕方がない。では、これを加納明治のところに持って行け」

陣太郎はふたたびリュックサックの口を開き、中から一葉の写真をひっぱり出した。

「これで十万円と吹きかけるんだぞ」

「十万円?」

竜之助は写真に眼を据えた。

「あ。これは加納さんの日記を撮ったものですね」

「そうだ。十万円と吹きかけると、加納明治はきっと違い棚の置時計をわし摑みにする。その時は五万円にまけてやるのだ」

「だって陣太郎さんはこの間、ネガと引き伸ばしで、加納さんからせしめたんでしょ」

「そうだよ。でも、こういうこともあろうかと思って、まだ一ダースばかり引き伸し写真がとってあるんだ」

陣太郎は平然たる表情で、リュックサックを指差した。

「この間は、君のことを、少々悪者にしてある。だから今度は君がおれのことを悪者にしてよろしい。要は五万円をふんだくることだ」

「いやだなあ」

竜之助は子供の泣きべそみたいな表情になった。

「僕のことを少々悪者にしたって、どんな悪者にしたんです?」

「行けば判るよ。加納が君に若干立腹してることは、行けばすぐに判る。だから今度はおれを悪者にしなさい」

「いやだなあ。僕、ゆすりなんか、あまり性に合わないんですよ」

「ゆすりじゃない。当然の要求だ」

そして陣太郎はじろりと、探るように竜之助の顔を見た。

「いやなら止めてもいいよ。そのかわりに、おれ、一ちゃんを好きになってやるぞ！」

「ちょ、ちょっとそれは待ってください」

竜之助は大狼狽、両掌をにゅっと前に突き出した。


人もすっかり寝しずまった真夜中の十二時、建ちかけ三吉湯の材木のかげに、ネッカチーフで頬かむりした猿沢一子が、じっと身をひそめていた。遠くで犬がベラベラと遠吠えしている。うら若き乙女に怖さを忘れさせるほど、恋というものは烈《はげ》しいものであるらしい。

「竜ちゃん。ここよ」

折しも歩いてくる長身の影を認めて、一子は両掌をメガホンにしてささやいた。

「ここなのよ」

竜之助は前後左右を見回し、あたりに人影なしと知るや、さっと背を曲げて材木のかげに走り込んだ。ひしと抱き合って、いつものごとくに唇を合わせた。

「竜ちゃん。ウイスキーを飲んだのね。においで判るわ」

竜之助の釦《ボタン》をまさぐりながら、一子は怨ずるように言った。

「あたしがこんなにやきもきして待ってるのに、のんびりとウイスキーを飲んだりして、ひどいわねえ」

「のんびりと飲んだんじゃないんだよ。陣太郎さんとこで、いろいろ話しながら、ご馳走になったんだよ」

「あの陣太郎、何と言ってた？」

一子は呼吸をはずませた。

「邸に戻ると言ってた？」

「絶対戻らないと言ってたよ」

竜之助は一子の背を撫でさすった。

「邸には戻らないし、それに君のようなチンピラタイプは嫌いだってさ。一安心したよ」

「なに。チンピラだって」

一子は眉をつり上げた。

「あたしのことをチンピラと言われて、竜ちゃんは黙ってたの？」

「うん」

竜之助は面目なさそうに頭を垂れた。

「でもね、一ちゃんのことを大好きだと言われるよりもいいと思ってね、歯を食いしばって辛抱したよ」

「ほんとにつらかったでしょうねえ」

「つらかったよ。はらわたが煮えくり返ったよ」

そして竜之助は話題をかえた。

「僕、帰りながら、策略を一つ思いついたんだけどね」

「策略？　お父さんたちの喧嘩を止めさせるための？」

「うん。そうだ」

竜之助は大きくうなずいた。

「もうお父さんたちの喧嘩は、憎み合いの域を通り越して、面子《めんつ》問題になってるだろ」

「そうねえ」

「だからさ、僕はお父さんに、三吉おじさんは前非を悔いてるらしいよと言う。君は君で三吉おじさんに、泉湯さんは後悔してるらしいわよと言いつける。そうすると、そうか、相手は後悔してるかというわけで、心が和《なご》むだろう」

「そうね。それはいい考えね」

「お互いの心が和めばさ、ちょっとしたきっかけで、パッと仲直りすることがあると思うんだよ」

「でも、そんなウソをついて、ばれないかしら」

「大丈夫だよ」

竜之助は胸をどんとたたいた。

「お父さんたちは目下のところ、口をきき合う段階じゃないからね。ばれるおそれは絶対にないよ」


正午すこし前、猿沢宅の玄関の扉をあけ、陣太郎はぼそっとした声で案内を乞うた。

「ごめんください。猿沢さんはいらっしゃいますか」

「はあい」

顔を出したのは二美であるが、たちまちつめたい眼付きで陣太郎をにらみつけて、すぐに引込んだ。

猿沢三吉は茶の間でごろりと横になっていた。身体がだるくてだるくて、暇さえあれば近頃は横になっているのである。

「お父さん。お客さんよ」

「お客さん?」

緩慢な起き上がり方をしながら、三吉は言った。廊下をふらふらと玄関の方に歩いた。

「ああ、陣太郎君か」

そして三吉はあたりを見回し、声をひそめた。

「何か用事か。真知子のやつ、浮気をしたかね?」

「ええ。今日はそのことについて――」

「うん。わしも君に重大な相談ごとがあるんだ。ここでの立ち話もまずい。ひとまず奥の間へ――」

「それよりも外に出ませんか」

陣太郎は胸のポケットをぽんとたたいた。

「今日はおれがおごりますよ。中華でも食べませんか」

「え？　中華？」

大飢えに飢えているので、中華という言葉を耳にしただけで、三吉は唾《つば》がにじみ出た様子であった。

「中華か。そういうことにするか。身仕度して来るから、ちょっと待ってくれ」

娘部屋では、二美が姉の一子に耳打ちをしていた。

「陣太郎が来たわよ」

「え。陣太郎が？」

「お父さん、陣太郎と一緒に、どこかに外出するらしいわよ。今身仕度をしてる」

「どこに行くんだろう」

一子はむっくり身体を起こした。

「お前、二人のあとをそっとつけてお行き。いったいどこに行くのか」

三吉は身仕度をすませ、玄関で靴を穿《は》いた。むくんでいるから、靴の紐結びが一苦労なのである。

やっと結び終って玄関を出、二人は肩を並べて街に出た。台所口から二美が忍び出て、こっそりとあとを追った。ネッカチーフで頬かむりをしているのは、姉のやり方にならったのであろう。

二人はそれに気付かず、狭い横丁に折れ曲がり、小さな中華店ののれんをひょいとくぐった。くぐったとたんに、三吉の腹の虫たちは、声をそろえてグウグウと啼いた。

「さあ。何にしますか」

陣太郎はメニュウを取上げた。

「スブタとカニタマで、飯ということにしますか」

「うん。よかろう」

三吉の相好はおのずからにやにやと笑みくずれた。連日連夜の芋飯だから、笑みくずれるのもムリはない。

中華飯店の外では、二美が爪先立ちして、二人の様子を窓からのぞいていた。窓ガラスがあるから、もちろん声は聞こえない。

やがてスブタとカニタマが運ばれてきた。

三吉の双眼はぱっと輝き、箸を持つ手はわなわなと慄えた。飢えたる犬のごとく、三吉はスブタの肉片にむしゃぶりついた。

「時に君は、まだ世田谷の邸に戻る気はないのかね」

スブタにカニタマをおかずにして、飯を五杯もおかわりをした三吉は、さすがにすっかり堪能したらしく、つまようじを使いながら、本題を切り出した。

「そうですな」

茶をすすりながら陣太郎は悠然と答えた。

「只今考慮中です」

「考慮中か。いい加減に決着をつけて、戻ることにしたらどうだい。及ばずながら、わしが力になるよ」

「力になってくれますか」

「うん。力になるよ。それから君も、もうそろそろ身を固めたらどうだね。前途有為の君が、独身でぶらぶらしているのは、もったいない話だ」

「ええ。それも考慮中ですがねえ」

謎めいた笑みを陣太郎は頰に刻んだ。

「適当なのがいなくてねえ」

「適当なのと言うけど、それは上を見れば果てしがない。せいぜいのところで妥協するんだね」

「そんなものですかな」

「うん。わしにも娘が四人いるが、ムコ選びの時はあまり上を見まいと思っている。せいぜいのところで妥協するつもりだ」

三吉は遠まわしに話を持ってきた。

「一子のやつもな、もうそろそろ適齢期に入るが、親の口から言うのもおかしいけれど、よくしつけが行き届いて、そこらの娘たちには負けないつもりだ」

「ああ。一子さんはいいお嬢さんですなア」

昨夜はチンピラ小娘と批判したくせに、今日は打ってかわった口をきいた。

「体格は立派だし、態度はおしとやかだし――」

「うん。君もそう思うか」

娘をほめられて三吉はにこにこ顔になった。

「何なら君に上げてもいいよ。ただし、君が世田谷に戻るという条件においてだ」

「考えておきましょう」

陣太郎はしんみりと答えた。

「一子さんみたいないい人をもらえば、メカケなんか囲う気持はおきないでしょうよ」

「そうだ」

メカケという言葉で思い出したらしく、三吉はぽんと膝を打った。

「真知子のやつ、その後どうだね。浮気をしたか」

「それがしないんですよ」

陣太郎は嘆息するように天井を仰いだ。

「あれは貞節正しい女ですな。操を守って、せっせと勉強にいそしんでいます」

「そうか。それは弱ったな」

三吉はがっかりと頭を垂れた。

「実はこの間、こちらから手切れ話を持ち出してみたんだよ。すると真知子のやつ、開き直って、手切金を六か月分くれと言うんだよ」

「六か月分?」

陣太郎は眼を剝いて見せた。

「そりゃ高い。暴利だ。猿沢さん。おれに任せませんか。おれなら三万円で請負ってあげますよ」

「三万円?　二万円にまからんか」

「ケチケチするのは止しなさい。それならおれは手を引きますよ。すると真知子は直接ハナコおばさまに——」

「そ、それはちょっと待ってくれ!」

猿沢家の茶の間に、次女の二美は足音も荒くかけ込んで来た。茶の間では、一子がひとりチャブ台に向かって、つめたい芋飯に熱い番茶をかけて、さらさらとかっこんでいた。

「お姉さん。お姉さん」

「ばたばたするんじゃないよ。ほこりが立つじゃないか。食事中だよ」

一子はたしなめた。

「お父さんたち、どこ行った？」

「中華料理屋よ。そら、あの横丁の珍満亭という店よ」

「え？　珍満亭？」

一子ははたと箸を置いた。

「そこでお父さんたち、何を食べた？」

「窓越しだからよく見えなかったけど、スブタにフヨウハイらしかったわ。お父さん、五杯もご飯をおかわりしたわよ。ぱりぱりの銀飯よ。まるで鬼のキバみたいな」

「ううん」

一子は低くうなった。

「いくらお父さんでも、そんな悪質の裏切り行為は許しておけないわ。いったいあたしたち、何のために毎日毎日、芋飯を食ってるというのさ」

「そうよ。そうよ」

二美も勢い込んで合点合点をした。

「食べ終って、陣太郎と一緒に、もう直ぐここに戻ってくるわよ。あたし、一足先に走ってきたのよ、ほら、こんなに膝ががくがくよ」

二美はスカートの裾を持ち上げて、がくがくの膝頭を見せた。その時玄関の方で、扉をあける音がしたので、姉妹はさっとそちらに視線を向けた。二つの足音が前後して廊下に上がり、奥の三吉の私室へ入って行った。

三吉はやや不機嫌な表情で、壁にはめこんだ金庫の前に坐り、おおいかぶさるようにして扉をあけた。札束を取り出した。もうあとに書類綴りしか残っていなかった。

「三万円か」

三吉は陣太郎に向き直り、ぺらぺらと紙幣を勘定した。

「これがもうわしの全財産だぞ。ほんとに、泥棒に追い銭とは、これのことだ」

「泥棒？　泥棒とはおれのことですか？」

陣太郎は気色ばんだ。

「泥棒呼ばわりをされるくらいならおれは手を引きます。そうなれば真知子は、ハナコおばさんと直接交渉――」

「き、きみのことを泥棒と言ってるんじゃない」

三吉はあわてて弁解した。

「泥棒というのは、真知子のことだ」

「それならばよろしいです」

「これできっと片を付けてくれるだろうね」

三吉は札束をにゅっと突き出し、残りを金庫に戻した。札束はぶるぶると慄えていた。よほど惜しかったのらしい。

「大丈夫です。納得させますよ」

「もう縁が切れたんだから、部屋代も以後は払ってやらないぞ。そう伝えてくれ」

「そう伝えておきます」

陣太郎は三万円を内ポケットにしまい、改めて右掌をにゅっと突き出した。

「それから、今月分のおれの手当を、お願いします」

「今月分?」

「そうですよ。初めからの約束ですからな」

陣太郎は催促がましく掌を動かした。

「まだ金庫に入ってるじゃないですか」

陣太郎が出て行ったあと、三吉は腕を組み、呆然と金庫の中を眺めていた。金庫内は書類綴りだけで、紙幣はもう一枚も残っていなかった。洗いざらい陣太郎が持って行ったのである。

「ええい！」

三吉は力をこめて、金庫の扉をがちゃんとしめた。立ち上がって廊下に出た。久しぶりであぶらっこいものを食べたから、脚にも力が入り、三吉はどすんどすんとやけっぱちな足音を立て、茶の間に歩み入った。

茶の間のチャブ台の前には、一子と二美が眼を光らせ、にらむような眼付きで坐っていた。

「熱い茶を一杯入れてくれ」

娘たちに向かい合ってあぐらをかきながら、三吉は注文した。

「咽喉《のど》が乾いた」

「どうして咽喉が乾くの？」

一子がぶすっとした顔で反問した。

「お昼ご飯は食べないの？」

「うん。どういうわけか、あまり食いたくない。お茶の方がいい」

「だって、ご飯を食べなきゃ、力がつかないわよ」

何もかも承知の上で、一子はそらとぼけた口をきいた。まだ娘時代だというのに、こんなねちねちした戦術を心得ているのだから、将来のほどが思いやられる。

「お茶よりも、芋飯を召し上がれ。お茶には栄養価はないわよ」

「食いたくないと言ったら、食いたくない！」

少しいらいらとして、三吉は声を大きくした。

「時にはわたしだって、食いたくない時がある。今わしは、少々胃をこわしているのだ」

「胃腸がこわれるのも当然よねえ。二美ちゃん」

一子は二美に賛成を求めた。

「フヨウハイとスブタの大盛を平らげれば、誰だって胃腸をこわすわよ、ねえ」

「そうよ。そうよ」

二美も勢い込んだ。

「それにお父さんったら、ご飯を五杯もおかわりをしたのよ。芋飯なんか食いたいわけがないわ」

「ど、どうしてそんなことを——」

三吉はたちまち大狼狽、言葉をもつらした。

「さてはなんだな。お、お前たちは、わしのあとをつけたな」

「つけたんじゃないわよ。偶然通りかかったのよ」

二美はぬけぬけと強弁した。

「陣太郎さんは二杯しか食べなかったのに、お父さんは五杯食べたわ」

「あたしたちに芋飯ばかりあてがって、お父さんばかりご馳走を食べるなんて、ずるいわ。完全なる裏切り行為よ」

「そうよ。そうよ。お母さんが帰って来たら、言いつけてあげるから」

「あたしたちだって、栄養をとる権利があるわ。さあ、お金ちょうだい。牛肉を買って来て、ビフテキをつくるんだから」

「ああ！」

三吉は天井を仰いで、残り少ない頭髪を絶望的にかきむしった。外側からの攻撃だけでも手一杯なのに、身内から思わざる攻撃をかけられては、絶望するのも当然であろう。

「ビ、ビフテキを食わしてやりたくとも、もうわしには金がないんだ」

「お金がないのは、お父さんの責任じゃないの」

一子はあくまで父親に食い下がった。

「お金がなくて、よくフヨウハイだのスブタだのを注文できたのねえ」

「あ、あれはわしが金を出したんじゃない。陣太郎君のおごりだ」

三吉は懸命に弁解した。

「わしも芋飯を食うべきだったが、陣太郎君が勝手に注文して、食え食えと言うもんだから、ついうっかりと——」

「陣太郎って押しつけがましい人なのねえ」

一子は軽蔑的な声を出した。

「はっきりおことわりしとくけどあたし、あの人大嫌いよ。心底から嫌いよ」

「あたしも大嫌いよ」

傍から二美が賛意を表した。

「あんなお魚みたいな男性、ああ、考えただけでも、鳥肌が立つわ」

「生意気言うんじゃない。まだ十六ぐらいのくせに。男性を好きの嫌いのって、まだ早過ぎる！」

三吉は眼を三角にして、二美をにらみつけ、そして視線を一子に戻した。

「一子。陣太郎という男は、ちょっと押しつけがましいところがあるけれど、そんなに悪い男じゃないよ。むしろさっぱりしたいい青年だ。今日もわしにご馳走したり、なかなかうちのために尽くしてくれる。それに、将棋もなかなかうまいし――」

「将棋なんかうまくないわよ。お父さんが下手過ぎるのよ」

「お父さんが下手とは何だ。下手とは！」

将棋のことになると、三吉もむきになる。

「下手というのは、泉恵之助の野郎のことだ。わしは下手でない。その下手でないわしよりも、さらにうまいんだから、陣太郎君は実に将棋が強い。もしかすると、専門家の域に達している」

「いくら陣太郎をほめ立てたってダメよ」

また二美が傍から口を出した。

「陣太郎と結婚する意志は、一子姉さんには全然ないんだから」

「な、なに？」

三吉は狼狽の色を示した。

「結婚する意志がないと？」

「そうよ。一子姉さんには、好きな人がちゃんといるんだから」

「お黙り。二美！」

一子はあわてて妹を叱りつけた。妹は首をすくめて、発言を中止した。

「お父さん。あたしは陣太郎のところには、絶対に行きませんよ」

「だ、だれがそんなことを言った？」

三吉はおろおろ声を出した。

「さてはなんだな。ハナコが何かおしゃべりをしたな」

「お母さんからじゃないわようだ」

一子はますます言いつのった。しゃべっているうちにだんだん本式に腹が立ってきたものらしい。

「うちのために思えばこそ、毎日毎日芋飯で我慢しているのに、お父さんはこそこそとご馳走のかくれ食いはするし、陣太郎のとこに行かせるような陰謀はたくらむし――」

「そうよ。そうよ。あたしたち、もう今日から、絶対に芋飯は食べないわよ」

「ムリに食べろと言うなら、ハンガーストライキに入るわよ。何も食べないで、そのうち二人とも痩せ細って、死んでしまってやるから！」

「ああ。そんなにわしをいじめないでくれ」

猿沢三吉は両手を上にさし伸ばし、全身をゆらゆらと身悶えをした。

「お前たちが芋飯を拒否して、もっとゼイタクをすると言うなら、いったいうちの経済はどうなる。もうめちゃめちゃなって、破産してしまうぞ。それでもいいと思ってるのか」

「湯銭をもとの十五円に戻せばいいじゃないの」

一子はばしりとチャブ台をたたいた。

「十五円に戻せば、あたしたち一家全部、毎日中華でもウナギでも食べられるのよ」

「今さら十五円に戻せるか！」

さし上げた両手を、三吉は拳固にした。

「十五円に戻せば、お客は皆泉湯に行ってしまう。三吉湯はがらがらで、これまた破産にきまっている！」

「泉湯も十五円にすればいいじゃないの」

「泉湯のやつが十五円にするものか。あいつが先に十二円に値下げしやがったんだ」

「いえ、そうじゃないのよ」

一子は膝を乗り出して、熱心な口調になった。

「お父さんが新築を始めたんで、泉のおじさまが値下げをしたのよ。でも、恵之助おじさまは近頃、十二円値下げはすこし強硬過ぎたと、前非を悔いてらっしゃるそうよ」

「な、なに。恵之助が前非を悔いている？」

三吉は両手をおろし、眼をぱちぱちさせた。

「そ、それはほんとか。いったいそれは誰に聞いた？」

「泉の竜ちゃんによ」

傍から二美が口をはさんだ。一子があわてて叱った。

「二美！」

「お、お前たちは、あの泉のバカ息子と口をきき合っているのか」

三吉は怒ったような、かなしいような、複雑な声を出した。

「そうか。恵之助が前非を悔いてると、竜之助が言ったか。きゃつが前非を悔いてるのなら、わしも許さぬではない。あやまって来るなら、湯銭を十五円に戻してやってもいい」

「ところがそう簡単にはゆかないわよ」

「なにが簡単にゆかない？」

「あの新築ができ上がればね、泉湯は客を取られて破産しちまうのよ。だから、あの新築を取止めれば――」

「今さら取止めにできるか。ムチャを言うな、ムチャを！」

「いえ。だからね、あれを風呂屋にしなければいいのよ。風呂屋じゃなくて、他の商売に使用すれば――」

「だってあれは、風呂屋として造り始めたんだぞ。それを他の商売にだなんて」

三吉はたまりかねてチャブ台をひっぱたいた。

「将棋会所にでもしろというのか。だだっぴろ過ぎて、物の役に立たんわい」

「劇場か何かにすればいいじゃないの」

一子も負けずにチャブ台をたたき返した。

「東京じゃ今、劇場が足りないそうよ。あれが劇場になれば、喜ぶ人がたくさんいるわ」

「劇場！　芝居小屋か」

三吉は鼻の先でせせら笑った。

「冗談を言うな。芝居小屋なんかにできるもんか。映画館なら、まだ話が判るが」

転向の意向なきにしもあらざることを、三吉は暗々裡に示した。三吉も内心では相当にへこたれているのである。

黄昏、西尾真知子は鞄をぶらぶらさせながら、富士見アパートに戻ってきた。講義が済んでも、一葉研究のため図書館にたてこもるから、近頃いつも帰りが遅くなるのである。

真知子は電話室の前で足をとめた。電話室の中で、陣太郎が電話をかけていた。

「もしもし。竜之助君か。おれ、陣太郎だよ。今晩七時、いつもの焼キャバに来ないか。うん。待ってるぞ。さよなら」

がちゃりと電話を切り、陣太郎はのそのそと電話室を出た。ぱったりと真知子と顔を合わせた。

「おお、真知ちゃんか。遅いな」

「うん。図書館で調べものをしてたの」

「今日おれ、猿沢三吉に会って来たよ」

「そう。あたしの部屋に来ない?」

真知子は先に立って、とことこと階段を登った。陣太郎もそれにつづいた。

「で、結果はどうだったの?」

部屋に入り、電熱器に薬罐を乗せながら、真知子は訊ねた。

「うまくいった?」

「うん。三か月分、取って来たよ」

陣太郎は内ポケットから、札束をひっぱり出した。

「さあ、三万円だ。これ以上はムリだな。三吉の金庫をのぞき込んだら、もうからっぽだったよ」

「そうでしょうねえ。湯銭五円だなんて、バカな競争をするんですものねえ」

真知子は札束をとり上げて、器用な手付きでぺらぺらと数を確かめた。

「確かに。ありがとう」

「それでさっぱりしただろう」

「ううん。さっぱりしたような、未練があるような――」

「未練って、三吉おやじにか」

「いえ。この安易な生活形態によ」

真知子はそそくさと札束を鞄の中に押し込んだ。

「さあ、これであたしの学問も前途多難だなあ」

「前途多難だなんて、多難なのがあたりまえだ」

陣太郎はきめつけた。

「学問をするために、二号になるなんて、そんなバカな生活形態があるものか。それは学問に対する侮辱だよ。頽廃と言ってもいいぞ。むしろ、二号になるために学問をするという方が、話はわかる」

「だから二号を辞めたんじゃないの」

真知子は若干ふくれっ面になった。

「ああ、そうそう」

陣太郎はぽんと膝をたたいた。

「これで縁が切れたから、このアパートの部屋代、今月分からそちらで払えと、三吉おやじが言ってたよ」

「チャッカリしてるわねえ。あのおやじ」

「ここの部屋代はいくらだい？」

「月五千円よ。陣ちゃんとこは？」

「おれんとこは、便所の傍だから、三千円だよ」

そして陣太郎は腕を組み、天井を見上げた。電熱器の薬罐がしゅんしゅん音を立て始めたので、真知子は二人分の紅茶をいれた。

「さあ、召し上がれ」

「縁が切れたとなれば、やはりここは引越した方がいいな。おれ、適当な値段のやつ探してやるよ」

腕組みを解き、陣太郎は茶碗に手を伸ばした。

午後七時半、陣太郎は両掌をズボンのポケットに入れ、焼鳥キャバレーの階段をのぞそと登って行った。そこらいっぱいがヤキトリの匂いで、陣太郎の鼻翼はおのずからびくびくと動いた。

時刻が時刻だから、二階は大変混んでいた。

泉竜之助は長身の肩を丸くして、造花の紅葉の下の卓に、小さくなって腰かけていた。陣太郎の姿を見ると、ほっとしたように背骨を立て、顔をくしゃくしゃにした。

「ひどいなあ。三十分も遅刻するなんて」

竜之助は腕時計を見ながら、うらめしそうな声を出した。

「僕、どうしたらいいか判らなくて、冷汗が出ましたよ」

「なんだ。まだ何も注文してないのか」

陣太郎は傍にならんで腰をおろした。

「ヤキトリでも食ってりゃいいじゃないか」

「そんなのんきなことができるもんですか。僕は無一文なんですよ。ヤキトリを注文して、もし陣太郎さんが来なきゃ、僕はたちまち豚箱入りですよ」

竜之助の声は少々激した。

「何も注文しないで坐ってるもんだから、さっきから女給さんたちが、僕をにらんでるような気がして――」

「そんなにびくびくするやつがあるか。もっと図太くなれ！」

そして陣太郎は指を立て、ハイボールに串フライにヤキトリを注文した。竜之助は安堵したように掌を揉み合わせた。

「おい。竜之助君」

陣太郎は窮屈そうに、上半身を竜之助の方にねじった。

「無一文だなんて威張ってるが、加納明治んとこには行かなかったのか」

「別に威張ってなんかいませんよ」

運ばれてきた串カツを横ぐわえにして竜之助はカツを串からしごき取った。

「ああ、つらかったなあ。匂いはぷんぷんするし、おなかはぺこぺこだし」

「おなかのことなんか、誰も聞いてやしない。加納に十万円と吹きかけたかと言ってるんだ」

「まだ行かないんですよ」

「まだ行かない？　いったいいつ行くんだ」

「今日いろいろと考えたんですけどね、あの仕事はどうも僕の性格に合わない」

竜之助は内ポケットからごそごそと写真を取り出した。

「これ、一応お返しします」

「要らねえよ」

陣太郎は写真をぽいとはじき返し、ハイボールをぐっとあおった。

「そんな写真、おれのアパートに行けば、まだ十一枚もしまってある」

「でも――」

「でももクソもない！」

ヤキトリをごしごし嚙みながら陣太郎はにらみつけた。

「これで五万円ふんだくって来なきゃ、カメラは永遠に君の手に戻って来ないぞ」

「そんなムチャな――」

竜之助は嘆息した。

「僕にそんな不似合な荒仕事をさせるより、陣太郎さんが行けばいいじゃないですか。陣太郎さんの方がはるかにうまいですよ」

「うまい、まずいは問題でない」

陣太郎はさらに声を高くした。

「君をきたえるつもりで、おれはやらせるのだ！」


「きたえるんだなんて、そんな封建的な――」

泣きべそみたいな顔になって、竜之助はハイボールをぐっとあおった。

「僕はとてもできませんよ。他のことならたいていのことはやるけれど。お願いだから、これだけはそちらでやってください」

「いや。君がやれ」

陣太郎は頑として首を振った。

「やらなきゃ、おれの方にも考えがあるよ」

「え？　どんな考えです？　僕をクビにしようとでも言うんですか？」

「おれは昨日、猿沢三吉の家に行った」

おどかすように陣太郎は声を低くした。

「三吉おやじを近所の中華飯店に呼び出して、クロウヨウとフヨウハイで飯を食った。三吉おやじは、飯を五杯もおかわりしたぞ」

「えっ。五杯も？」

竜之助は感嘆の声を上げた。

「でも、そのくらいは食うだろうなあ。うちのおやじだって、今鮨を飯わせたら、四十個は食って見せると、言ってるくらいだからなあ」

「変なところで感心するな！」

陣太郎はあたりを見回してたしなめた。

「食べ終って、三吉おやじが、どんなことを切り出して来たと思う？」

「さあ。何です？」

「身を固める気持はないかと、おれに言うんだ。だからおれは答えてやった。その気持、ないでもないとな」

「なるほど」

「すると三吉は遠回しに、一子のことをどう思うかと、探りを入れてきた」

「えっ？　一子？」

見る見る竜之助は狼狽して、顔面を紅潮させた。

「で、陣太郎さんは何と答えたんです？」

「体格は立派だし、態度はしとやかだし、とてもいいお嬢さんですなあ、とほめといた」

「そ、そんな好《い》い加減なことを！」

竜之助は眉の根をふくらませて陣太郎をにらみつけた。

「この間は一子について、あんたは何と言いました？　あんなチンピラ小娘は、おれの好みに合わんと——」

「いかにもあのときはそう言った」

陣太郎は落着きはらって答えた。

「しかし、心境の変化ということもあり得るよ。昨日は嫌いでも、今日は大好きになったなんてことは、よくあることだ。実は、今日の昼、うつらうつらと一ちゃんのことを考えてたら——」

「一ちゃんだなんて、あんまり心易く呼ばないでください！」

「うん。あの娘は、うつらうつらと考えて見たら、頭もバカじゃなさそうだし、肉体もぴちぴちとして味が良さそうだし、ここでひとつ三吉の懇望を入れて——」

「よ、よしてくださいよ、ほんとに」

竜之助は悲鳴を上げて、片手拝みの姿勢になった。

「そ、それだけは思いとどまってください。お願いですから」

「では、おれの言うことを聞くか」

「聞きますよ。何でも」

「では、明日、間違いなく、加納明治宅を訪問せよ」

陣太郎はぎろりと竜之助をねめつけた。

「是が非でも五万円、ふんだくって来い！」

建ちかけ三吉湯の材木の山のかげに、竜之助は背をもたせかけ、月の明りで腕時計の針を読んだ。

「もう十時を十五分も過ぎたぞ。どうしたんだろうな」

竜之助は肩をすくませてぼやいた。

「今夜は陣太郎さんに三十分も待たせられるし、一ちゃんも遅刻と来ている。運が悪い日だなあ」

焼鳥キャバレーからここへ直行してきたと見え、タレの匂いのする折包みを、竜之助はぶら下げていた。

「おや。足音が」

ひたひたと忍びやかな足音が、こちらに近づいてくる。月明りのそのおぼろな輪郭に、竜之助は両掌をメガホンにして、低声で呼びかけた。

「一ちゃん。ここだよ」

恋するものの敏感さで、おぼろな輪郭だけで相手を察知できるのである。とたんにその輪郭は背を低くし、イタチのように素早く、竜之助のそばにかけ寄って来た。

「竜ちゃん」

二人の身体はひしと抱き合った。

「一ちゃん」

一子の耳に口をつけ、竜之助は切迫した声でささやいた。

「今夜ねえ、僕、陣太郎さんに会ったんだよ。そうしたら、陣太郎さんは急に心境が変って、一ちゃんのことを好きになったんだってさ」

「あたしのことを好きに？」

「そうなんだ。なんでも今日の昼、三吉おじさんに会って、中華料理を一緒に食べたんだって。その席上で、心境が変ったらしいんだよ」

「そうよ。今日の昼、陣太郎はやって来たわよ」

一子は声をたかぶらせた。

「お父さんを引っぱり出して、フヨウハイとスブタを食べたらしいのよ。引っぱり出されるお父さんもお父さんよねえ。そしてご飯を五杯もおかわりしたんだって。だから二美とあたしとで、散々とっちめてやったのよ。おや、これは何?」

「ヤキトリの包みだよ。一ちゃんに上げようと思って、つくって貰ったんだ」

そして竜之助は忌々しそうに舌打をした。

「今月分の秘書手当、陣太郎さん、なかなかくれないんだ。それでもやっと二千円だけくれたよ。あとは明日、僕が加納明治の家にお使いに行ってから——」

「明日、竜ちゃん、お使いに行くの?」

一子は心配そうに竜之助を見上げた。

「明日は大風が吹くらしいわよ。さっきラジオがそう言ってたわ」

「だって、お使いに行かなきゃ、一ちゃんのこと本気で好きになると言うんだもの」

竜之助も心配そうな顔となり、一子を見おろした。

「どんなきっかけで、一ちゃんだって、心境の変化を起こさないとも限らない。僕はそれがこわいんだよ」

「バカねえ。いくら心境が変化したって、あんな魚男が好きになれますか」

竜之助の胸に、一子はやわらかく頭をもたせかけた。

「さっきもお父さんに、タンカを切ってやったのよ。どんなことがあっても、あたし、陣太郎は大嫌いって！」

泉宅の茶の間では、恵之助老がチャブ台の前に立膝して、一人で晩酌の焼酎をかたむけていた。肴は相も変らずメザシで、自分でメザシと決めたものの、さすがに恵之助も近頃ではうんざりしている模様であった。

「うん。マグロのトロが食べたいもんだなあ」

恵之助はうらめしげに、立膝の膝頭を撫でさすって、ひとりごとを言った。

「見ろ。この膝頭だって、すっかりかさかさになって、脂が抜けてしまったぞ」

おりしも泉宅のくぐり戸のかげで、長い影と短い影がひしと寄り合った。新築場からここまで、一子が竜之助を送ってきたものらしかった。

「ね。泉のおじさまが前非を悔いているという話、とてもお父さんにはきき目があったのよ」

一子は竜之助にささやいた。

「だから泉のおじさまにも、その手を使えば、きっと効果があると思うわ。是非使ってみてね」

「うん。使ってみるよ。では、おやすみ」

「おやすみ」

一子は竜之助からつと離れると、ネッカチーフを頭に冠り、小走りにかなたの闇に消えて行った。

竜之助は身をひるがえしてくぐり戸を入り、音もなく玄関に忍び入り、扉をしめてかけ金をおろした。靴を土間に脱ぎ、かろやかに廊下を踏んだ。

「竜之助！」

茶の間から恵之助老の声が飛んだ。いくらかろやかに踏んでも、廊下に面する茶の間の障子があけ放たれておるのだから、見つけられるのも当然である。

「はい。ただいま」

竜之助は居直って茶の間に入り、父親に向かい合ってあぐらをかいた。

「どこに行ってたんだ。こんなに遅くまで」

そして恵之助はいぶかしげに、鼻をくんくんと鳴らした。

「おや、お前の身体には、何かうまそうな匂いがただよっているな。はて、何の匂いだったかな、こいつは？」

お土産の折包みから滲んだタレが、竜之助の服のどこかに付着しているらしい。それをごまかすために、竜之助は笑い声を立てた。

「匂いなんかするもんですか。そりゃお父さんの幻覚だよ。メザシばっかり食べてるから、そんな幻覚が起こるんだよ」

「そうかな。メザシのせいかな」

恵之助はあっさりと納得した。

「そういえば近頃、わしは耳も遠くなったようだし、眼のかすみようもひどくなった。とうとう鼻にも狂いが来たか」

「そうだよ。何もかもメザシのせいだよ」

竜之助は声を高くした。

「僕だって近頃、身体の調子が、とても変なんだよ。やはり時には、マグロのトロなんかを——」

「トロの話はよせ！」

耐えがたきを耐えるような顔になり、恵之助は息子を叱りつけた。

「いったい今までどこを歩き回ってた？　カメラは取り返したか？」

「そ、それがダメなんだよ」

竜之助は悲しげにどもった。

「やっぱり一六銀行に入ってたんだよ」

「なに。やっぱり一六銀行だと？」

恵之助は息子をにらみつけた。

「うん。だからね、僕は明日、陣太郎さんのお使いで、加納明治という小説家の家に行くんだ」

竜之助は自信なさそうに、語尾の調子をくずした。

「そこで金が貰える手筈になっててね、それでカメラを出すということになってんだけどね」

「大丈夫かい。あの陣太郎という風来坊は」

恵之助は不機嫌そうに、焼酎をチュッとすすった。

「膝ががくがくするが、とにかくわしは明日、新築の進行状態を視察してくる」

「膝ががくがくするというのに、大丈夫?」

竜之助は心配そうに父親の顔を見た。

「明日は大風が吹くそうだよ。さっきラジオがそう言ってたらしい」

「大丈夫だ。やせても枯れても、まだ風ごときに吹き倒されたりするようなわしじゃない!」

「進行状態って、この間からまだ全然進んでないよ」

そして竜之助は膝をぽんとたたいた。

「あっ、そうそう。あの新築を始めたことについて、三吉おじさんはすっかり後悔してるそうだよ。こんなことになるんなら、建てなきゃよかったと、ひしひしと前非を悔いてるという話だよ」

「な、なに？」

恵之助は焼酎のコップを、すとんと畳にとり落とし、あわてて座蒲団で拭った。

「前非を悔いてると？　あの三吉が」

「そうだよ」

「そ、それは誰に聞いた？」

「実はね、あそこに一子という娘がいるでしょう。あれと今日、街でぱったり出会ったんだよ」

「一子だと？　お前はあのバカ娘と口をきいてるのか？」

「いいえ。向こうから強引に話しかけて来たんだよ。三吉が前非を悔いてるから、お父さんにとりなしてくれないかって」

「そうか。三吉が前非を悔いてるか。ざまあ見ろ」

恵之助はさも嬉しそうに、大口をあけてばか笑いをした。

「それであの建てかけのやつは、いったいどうするつもりだい？」

「それがまだメドが立たないらしいよ。金繰りがつかないもんだから、当分あのままの状態で放っておくらしい」

「そりゃもったいない話だ」

恵之助は笑いを中止して、眉をひそめた。

「この間お前が話してた、あの芝居小屋のことだな」

「うん」

竜之助はごそごそと膝を乗り出した。

「実はわしには蓄《たくわ》えが少しある。これだけは手をつけずに、お前に残そうと思ってたのだが
——」

「わあ。蓄えがまだあったんですか」

竜之助は慨嘆にたえぬ声を出した。

「それで毎日毎日メザシはひどいなあ」

「毎日毎日メザシだからこそ、蓄えがそっくり残っているのだ！」

恵之助は息子を叱りつけた。

「もし三吉が前非を悔いて、わしにあやまって来るなら、あれを芝居小屋にするという条件で、わしがその蓄えを出資してやってもいい。そしてその芝居小屋は、わしと三吉との共同経営とするのだ」


猿沢家の娘部屋は灯が消えていた。が、二人の娘たちは眠っているわけではなかった。それぞれの寝具に腹這いになり、暗がりの中で、ごしごしとヤキトリを食べていた。

二十串ばかりのヤキトリは、またたく間に二人の腹中におさまった。

「おいしいわねえ。ヤキトリって、こんなにおいしいものだとは、知らなかったわ」

二美は闇の中で、溜急をつきながら言った。

「もっともっと、おいしいものを食べたいわ」

「あたしだってたまには、おいしいもの、食べたいわよ」

おりしもずっと離れた茶の間で、ハナコがそう怨ずるような声を出した。三吉夫妻はチャブ台に向かって、コブ茶を飯んでいた。

「毎日毎日、芋飲と納豆じゃ、身体がつづかないわよ」

「お前の言うことはよく判る」

三吉はやや面目なげに頭を垂れた。

「でもあれは、陣太郎君のおごりだから、仕方がない」

「いくらおごりでも、自分だけがいい目を見るという法はないわ」

ハナコは食い下がった。

「それで、陣太郎さんの方はどうなの？ 邸に戻りそう？」

「うん。まだはっきりしないんだがね、一子のことはほめてた。体格もいいし、しとやかなお嬢さんだって」

「はっきりしなきゃ仕様がないじゃないの。あの建てかけの三吉湯、あのままで放っておくと、雨ざらしになって、腐ってしまいはしない？」

「それはわしも心配している」

三吉はコブ茶をまずそうにすすった。

「心配しているだけでは、どうにもならないわ。あれが建たなきゃ、泉湯さんは参ったとは言わないでしょう」

「いや。そうでもないらしいぞ」

三吉の声はにわかに元気づいた。

「今日の一子の話ではだな、恵之助の野郎が近頃になって、しみじみと前非を悔いてるそうだ」

「え？　前非を？」

「うん。つまり、十二円に値下げしたことを、後悔しているのだ。今頃後悔したって、もう遅いが、全然後悔しないよりもましだろう」

「後悔したなら、あやまりに来ればいいのにねえ。あやまりに来れば、みんな元の十五円に戻るんでしょ」

「うん。わしは戻してもいいと思っている。ところが、恵之助の野郎が、後悔はしてるくせに、何かぐずぐず言ってるらしいのだ」

「何をぐずぐず言ってるの？」

「うん。あの建てかけのやつだな、あれが完成すると、お客を皆取られるから、他のものにしてくれと言ってるらしい」

「他のもの？」

「うん。芝居小屋とか、映画館とか、そんなものにだね」

三吉はふうと溜息をついた。

「あいつの立場も、わしは判らんではない。しかし、風呂屋として建てかけたものを、今さら他のものにしてくれなんて、そんなムチャな横車を――」

「でも、毎日芋飯よりは――」

言いかけてハナコははらはらと落涙した。それを見て三吉は怒声をあげた。

「お前までそんな弱気で、どうする！」

遁　走

午前の十時頃から、風がそろそろ強くなり始めた。

加納明治は朝風呂から上がり、リヴィングキチンの食卓に向かって、オートミール、オムレツ、果物という献立の、遅い朝食を摂っていた。

顔色が冴えないのは、近頃引き受けた仕事がうまくいかず、せっせとせき立てられているからである。

そこで昨夜も、十二時就寝のところを、午前二時まで伸ばしたのだが、どうも成果は上がらなかった。今朝いささか寝坊したのは、そのせいなのである。

「紅茶、おいれしましょうか」

調理台を背にして佇《た》っていた塙女史が、加納に声をかけた。加納のその食べ方によって、食欲なしと判断したものらしい。

「ミルクにしましょうか。それともレモンに？」

「うん。レモンにしてくれ」

それをしおに加納は匙をおき、鬱然として答えた。

塙女史に対する加納のひと頃の叛逆は、陣太郎の出現以来、中絶の形となっていた。その中絶の形を、加納が屈伏したものと塙女史は判定したらしく、それまでのつめたい態度は捨てて、元の母性的態度に立ち戻っていた。

「仕事がうまくいかない時でも、やはり十二時にはおやすみになった方が、よろしゅうございますのよ」

レモン入り紅茶を食卓に乗せながら、塙女史はやさしく言った。

「何と言っても、身体が大切でございますからねえ」

「いくら身体が大切と言っても――」

加納は茶碗に手を伸ばしながらぶすっとした声を出した。

「小説が書けなきゃ、商売にならない」

「いいえ、正しい精神と頑健な身体、これが作品を産み出す原動力ですわ」

「そんなことはないよ。現に僕は大酒を止めたし、ワサビ類も全然食べてない。女史の言う通りの生活をしているのに、筆の方がうまく動いてくれないのだ。これじゃあ、筆を折って、他の商売に転向するほかはないいな」

「おほほほ」

掌で口をおおって、塙女史はころころと笑った。

「小説以外の他のことが、先生におできになるものですか」

「で、できないことがあるものか」

しかしその加納の言葉は、語尾が急に弱まって消えた。あまり自信がなかったのであろう。

「先生にはおできになりませんわ」

笑いを消して、塙女史ははっきりと断言した。

「先生は生まれつきの芸術家で、生活人ではありませんわ。その証拠に、先生は気が弱く、やさしくて、消極的で――」

その瞬間、玄関のブザーが鳴りわたった。塙女史は足早に玄関に歩き、扉を内から押し開いた。長身の若者がそこに立っていた。

「ぼ、ぼくは松平陣太郎先生の秘書で、泉竜之助と申す者ですが」

竜之助はおどおどと塙女史の顔を見た。

「加納先生はいらっしゃいますでしょうか」

「おります」

塙女史はつめたい声で言った。

「どうぞお上がりください」


泉竜之助を書斎に通すと、塙女史は廊下を小走りして、リヴィングキチンに戻ってきた。加納明治は肩が凝っているらしく、両肩を交互に上げ下げさせながら、レモン紅茶を飲んでいた。

「先生。またやって来ましたわよ」

塙女史は呼吸をはずませて、加納にささやきかけた。

「松平陣太郎の秘書と称する背高のっぽが！」

「え？　なに、背高のっぽ？」

加納は茶碗を下に置き、眼をぎろりとさせた。

「泉竜之助と言う若者か」

「そうですわ。書斎に通しておきました」

「よし！」

加納は決然と立ち上がった。歩を踏み出した。

「あんなチンピラにやられちゃダメですよ。先生」

塙女史は忙しくキチンを見回し壁から中型のフライパンを外し、それを背後にかくし持って、加納のあとを追った。

書斎の机の前に、竜之助はつらそうに両膝をそろえ、きちんと坐っていた。加納がぶすっとした顔で坐ると、竜之助は座蒲団からすべり降り、頭を畳にすりつけた。

「またお伺いいたしました。泉竜之助です」

塙女史は竜之助の斜後方に坐った。フライパンは背後にかくしたままである。

「いったい何の用事だい」

加納は竜之助をにらみながら、煙草に火をつけた。

「今日は陣太郎君は一緒じゃないのか」

「陣太郎先生は、今日はアパートに残っておられます」

竜之助は言いにくそうに用件を切り出した。

「その、陣太郎さんから、頼まれまして――」

「何を頼まれた?」

「これです」

覚悟をきめたらしく、竜之助は眼をつむって、内ポケットから一枚の写真をぐいと引っぱり出した。

「こ、これを先生に、十万円で買っていただきたいと思いまして――」

「なに！」

つけたばかりの煙草を灰皿にこすりつけて、加納は怒鳴った。

「そんな横着な言い草があるか！　この間もそいつで、五万円持って行ったばかりじゃないか！」

「あ、あれは陣太郎さんです。僕じゃありません」

「まだぬけぬけとそんなことを言ってる。同じ穴のムジナのくせに。貴様みたいなチンピラにおどされる加納だと思っているのか！」

加納は顔面を硬直させて、拳固《げんこ》を振り上げた。

「もう許しておけぬ。塙女史。一一〇番に電話をかけて、警察を呼びなさい」

「はい」

塙女史は素早く立ち上がった。

「そ、それはちょっと、待ってください」

悲鳴に似た声を立てて、竜之助は腰を浮かした。出口を求めて、膝で後退した。その竜之助の後頭部に、塙女子はフライパンをふり上げ、力をこめてふりおろした。

ギャッと言ったような声を上げ竜之助はへたへたとうずくまった。

ふだんの泉竜之助なら、フライパンごときでなぐられて、眼を回す筈はないのであるが、栄養失調のせいもあり、またフライパンの発した音響に度胆をぬかれて、そのまま畳にながながと伸びて、五分間ばかり失神状態にあった。

こんな大男がかんたんにのびたのだから、加納明治と塙女史が狼狽したのも当然であろう。

「そ、それ、塙女史、早く水を、持って来なさい。それから薬も！」

フライパンを放置したまま、塙女史はこま鼠のようにきりきり舞いして、金だらいやタオルや薬品箱を持ってかけ戻ってきた。その間に加納は抜け目なく、例の写真をつまみ上げ、こなごなに引裂いて、屑箱にほうり込んでしまった。

「ううん」

濡れタオルを額に乗せたまま、やっと正気づいたらしく、竜之助はうなり声を発して、眼をぱっちりあけた。

「気がついたか」

ほっとしたくせに、加納はわざと横柄な口をきいた。

「気分はどうだ？」

「ぼ、ぼくは、いったい、どうしたんです？」

竜之助は上半身を起こした。濡れタオルはすべり落ちた。竜之助はいぶかしげに、あたりをきょろきょろと見回した。

「ひでえなあ」

畳にころがったフライパンを見て、竜之助は泣きべそ顔になった。

「フライパンで殴るなんて、ほんとにひどい人だなあ」

「君が逃げようとするからだよ」

加納がきめつけた。

「逃げようとしたからには、君には何かうしろ暗いところがあるな。陣太郎君の話によると、君はたいへんな悪者で、秘書はクビになった筈ではないか。それを秘書みたいな面で乗り込んできて——」

「ち、ちがいますよ、それは」

竜之助はむきになって、口をとがらせた。

「悪者は、あの陣太郎さんですよ。僕はむしろ被害者なんです。カメラはふんだくられるし、今日だっていやだいやだと言うのをむりやりに——」

「なになに」

加納も膝を乗り出した。

「ちゃんと筋道を立てて、話してみなさい」

竜之助は頭のこぶを撫で撫で、つっかえつっかえしながら、一部始終を話し出した。加納と塙女史は、時々質問を入れたりして、聞き終った。

「そうか。君の言うことが本当とすれば、陣太郎という奴はたいへんな奴だな」

憮然として加納は腕をこまぬいた。

「松平の御曹子にしては、けたが外れてい過ぎるぞ」

「その松平というのが、あたしは怪しいと思いますわ。陣太郎はそんな高貴の人相じゃありません」

塙女史が傍から口を出した。

「あたし、なんだったら、世田谷の松平家というところに、今から行って来てもよござんすわ」

「そうだな。そうして貰おうか」

そして加納はじろりと竜之助に視線をうつした。

「君。陣太郎のアパートはどこだ。地図を書きなさい。もしニセモノだったら、僕が行ってとっちめてやる!」


加納家の玄関を出ると、泉竜之助は長身の背を曲げて、ふらふらと風の街に泳ぎ出た。ふらふらしているのは、頭を殴られた故《せい》もあるが、吹きまくる大風のせいでもあった。

大通りに出る角の煙草屋の赤電話に、竜之助はふらふらととりつき、ダイヤルを回した。電話の向こうに管理人が出た、しばらくして目指す相手が出てきた。

「もしもし。陣太郎さんですか。僕、竜之助です」

「ああ、竜之助君か。加納のところに行ったか」

「今行ってきたところです」

「そうか。それで五万円とれたか。とれたら直ぐ、富士見アパートに持って来い」

「そ、それがダメなんですよ」

「何がダメなんだ?」

「加納さん、すっかり腹を立てて、かんかんになったんですよ。警察を呼ぶなんて言うから、びっくりして逃げ出そうとしたらね、あの女秘書からフライパンで頭をひっぱたかれて、僕、気絶しちゃったんですよ」

「フライパンで? それはムチャだなあ」

陣太郎は嘆息した。

「でも、君も少しだらしなさ過ぎるぞ。たかがフライパンごときで、気絶するなんて」

「気絶ぐらいしますよ。ろくなもの食ってないんだから」

竜之助は口をとがらせた。

「正気づいたらね、さんざん加納さんに、やっつけられましたよ。話を聞いて見ると、陣太郎さんは僕のことを、極悪人に仕立ててるじゃないですか。全くひどいな」

「そう怒るな。そして今度は、おれのことを極悪人に仕立てたか」

「僕はありのままを話しましたよ。すると加納さんは、陣太郎さんの身元を洗うんだって、今日女秘書が世田谷のお邸に行くことになりましたよ」

「なに。身元を洗うんだって？」

「そうですよ。つまり、陣太郎さんがニセモノかどうか」

「ニセモノだと？　加納のやつがそういうことを言ったのか」

陣太郎の声は激した。

「ニセモノとは何だ。君に教えてやるけどな、ニセモノと言うのは、おれよりも加納の方だぞ。加納だの、猿沢三吉だの、あんな連中が、人間としては典型的なニセモノだ！」

「いえ。人間としてのホンモノ、ニセモノを言ってるんじゃないんですよ。松平の御曹子というのが、ニセモノではないかと――」

「そ、それまで人を疑わなくちゃいけないのか。なさけない奴輩だなあ」

陣太郎の口調は沈痛な響きを帯びた。

「信じるということの尊さを、きゃつらは知らないんだ」

「もしニセモノだったら、陣太郎さんのアパートに乗り込むんだから、地図を書いてくれって、加納さんに頼まれた」

「なに。それで富士見アパートの地図を書いてやったのか」

「だってあの女秘書、フライパンをかまえて、にらんでるんだもの。善良な僕を殴るなんて、ほんとにあの女秘書、砂川町の警官みたいだなあ」

「そうか。でも、よく知らせてくれた。ああ、それからこの間のクイズな、あれを三吉に突きつけてもいいよ。今が好機だろう」

「そうですか。では、さっそく使ってみます」


「では、元気でやれよ。バイバイ」

陣太郎は受話器をがちゃりとかけた。電話室を出て、階段をとぼとぼと登った。陣太郎の表情は重く、かつ暗かった。暗い怒りが陣太郎の面上に、めらめらと燃え上がっていた。

真知子の部屋の前に立ち止ると、陣太郎は扉をほとほとと叩いた。

「真知ちゃん。いるか」

「いるわよ」

陣太郎は扉をあけ、のそのそと部屋に入って行った。真知子はレポートの整理の手を休め、ややまぶしげに陣太郎を見た。

「今日は風がひどいから、うちで勉強することにしたのよ」

「そうか。お茶を一杯いれてくれ。玉露がいいな」

陣太郎はだるそうに、部屋の真中に大あぐらをかきながら、ひとりごとを言った。

「ああ。人生は退屈だ」

「え。なに?」

真知子が聞きとがめた。

「いや。何でもない。どれもこれもバカばかりで、その中で生きていることが退屈だということさ」

陣太郎は両手を上げて、大きく伸びをした。

「時に、アパートの引越しは、今日にしたがいいよ」

「だって、こんなに風が吹いてるのに」

真知子は窓外に眼をやった。

「どこかに安い部屋、見つかったの?」

「いや。でも、部屋はどこにでもある」

「では、なぜ今日じゃなくちゃ、いけないの?」

「実は今朝、ここの管理人に訊ねてみた」

陣太郎は畳を指差した。

「すると、この部屋には、五万円の敷金が入っているんだね。忘れたのかどうか知らないが、三吉おやじはまだそれを引き出していないのだ」

「そう?」

「君がここに来て、まだ一年たってないから、一割引きの四万五千円は戻してくれるんだ。だから三吉おやじが引き出さないうちに——」

「こちらで引き出せばいいのね」

真知子はぱっと眼を輝かした。

「そりゃいい考えね。退職金をひどく値切られたんだから、敷金ぐらい頂戴しても当然ね。じゃあたし、階下に行って、貰って来るわ」

「それがいいだろう」

注がれた玉露を、陣太郎は旨《うま》そうにすすった。

「おれは運送屋を呼んでくる。敷金を受取ったら、直ぐに身の回りを整理したがいいな。いつ三吉おやじが思い出して、飛んで来ないとも限らないからな」

「そうね」

机上のものを手早く整理して、真知子は立ち上がった。

「ではあたし、管理人に会ってくるわ」

ちょうどその頃、塙女史は盛装して、加納邸の玄関で靴をはいていた。第一級の盛装に身をかためたのは、訪問先が松平家であるからであろう。背後から加納明治が声をかけた。

「ホンモノかニセモノか、とにかく判ったら真ぐ電話するんだよ」

「はい」

塙女史は立ち上がった。

「では、行って参ります」

午前十一時半、猿沢家の娘部屋で、一子と二美は額をつき合わせ、こそこそ相談ごとにふけっていた。

「ねえ。どうやってお金をつくる？」

「何か売ろうか」

「売るのはイヤよ。それより何か質に入れようよ」

「そうねえ。質屋なら、あとで取り戻せるものね。何を質に入れる？」

「二美の時計はどう？」

「イヤよ。あたしの時計なんて。それよかお姉さんのを入れたらいいじゃないの」

「うん。それでもいいよ」

一子は手首から腕時計を外して、ぶらぶらと振った。

「あたしが時計を提出するから、二美が質屋に行って来るのよ」

「あたしが？　あたし、質屋なんて、まだ一度も行ったことがないのよ。どうすればいいの？」

「かんたんよ。あそこの裏通りに、山城屋ってのがあるでしょう。あそこに入って、時計を差し出せばいいのよ。そうすれば、向こうの方で値をつけてくれるわ」

「そう。じゃ、行って来るわね」

二美は姉から腕時計を受取り、だるそうに立ち上がった。一子が下から声をかけた。

「念のために、米穀通帳を持って行った方がいいよ。台所にぶら下がってるから」

「そう。では、行って参ります」

「早く戻って来るんだよ。おなかがぺこぺこなんだから」

二美は部屋を出て、足音を忍ばせて台所に回り、米穀通帳をぶらぶらさせながら、裏口から飛び出した。

一方、茶の間では、チャブ台をはさんで、三吉とハナコが坐っていた。ハナコは縫物をしていた。

「風が強くなってきたな」

三吉は時計を見上げながら言った。

「三根と五月はまだ学校から戻って来ないのか」

「今日は二人とも給食ですよ」

ハナコが応じた。

「三根も五月も、この間までは、大の給食嫌いだったのに、近頃ではすっかり好きになったようよ」

「それはあたり前だ。うちで芋飯ばかり食ってりゃ、給食好きになるにきまっている」

三吉はだるそうに舌打ちをした。

「ああ。わしは三根や五月がうらやましい」

「うらやましいって、あたしだって、うらやましいわよ」

ハナコはみずばなをすすり上げた。

「三根や五月は、給食があるからいいけれど、一子や二美は何もなくて、可哀そうだわ。二人ともずいぶん痩せたようよ」

「かえってスマートになって、結構だろう」

「結構なもんですか。食うものも食わずに痩せ細るなんて」

「そう言えば、今朝の食事に、一子も二美も姿をあらわさなかったようだな。あとで食べたか？」

「いいえ」

縫物をやめてハナコは顔を上げた。

「そう言えば変ねえ。食い盛りの二人が」

「まさかハンガーストライキを始めたんじゃあるまいな」

三吉は時計を見上げた。

「そろそろ早昼にしよう。あれたちもおなかをすかせてるだろうから」

二美はあたりを見回しながら、裏口から入り、足音を忍ばせて娘部屋に戻ってきた。掌には数枚の紙幣が、ぎっしりと握られていた。一子はむっくりと起き直った。

「どうだった。いくらになった？」

「大成功よ」

二美は掌を拡げて見せた。

「二千五百円、貸してくれたわよ」

「そう。そりゃよかった」

勢いづいて立ち上がり、一子は外出の身仕度にとりかかった。

「では、予定通り、珍満に行くことにしようよ」

「それがいいわね。スブタにフヨウハイ。でも、ご飯を五杯もおかわりしたら、笑われるわよ」

「あたりまえだよ。三杯ぐらいで止めておくんだね」

その時茶の間から、三吉のどら声が飛んできた。

「一子に二美。ご飯だぞ」

一子と二美は顔を見合わせ、めくばせしながら廊下に出た。足音も荒々しく茶の間に歩み入った。

「ばたばた歩くんじゃない」

チャブ台のそばでハナコがたしなめた。

「おや。お前たち、どこかへ出かけるのかい？」

「そうよ」

立ちはだかったまま、一子は答えた。

「あたしたち、おなかがぺこぺこだから、ご飯を食べに行くの」

「え。ご飯を食べに？」

三吉が眼を剝いて反問した。

「どこに食べに行くんだ。食べに行かなくても、うちにあるじゃないか」

「もう芋飯なんかイヤよ。大切な青春を、芋飯なんかで、だいなしにしたくないわ」

「そうよ。そうよ」

二美が勢いこんで相槌を打った。

「今から珍満に行くのよ。スブタにフヨウハイ。そしてたらふくご飯を食べるのよ」

「珍満？」

そう反問したまま、あとは三吉は絶句した。言いようのない悲哀感が、三吉の面上を走って消えた。

「そうよ。珍満よ」

二美は母親に呼びかけた。

「お母さん。一緒に珍満に行かない？　あたしたち、おごって上げるわよ」

「そうよ。ねえ、お母さん。一緒に行きましょうよ。時にはうまいものを食べないと、ほんとの栄養失調になってしまうわよ」

「おごってくれるって、お前たち」

ハナコはなみだ声を出した。

「お金はどうしたんだい？」

「あたしの腕時計を、山城屋に質入れしたのよ。二千五百円、貸してくれたわ」

「山城屋？」

ハナコははらはらと落涙した。

「まあ、お前たち、質屋通いまでして――」

そしてハナコはエプロンで眼をぬぐい、思い切ったようにすっくと立ち上がった。エプロンを外し始めた。

「じゃ、お母さんも、ついて行って上げる」

「おお、ハナコ、お前もか！」

凶刃にたおれるジュリアス・シーザーみたいに、悲痛極まる声を三吉はしぼり出した。

「お前まで行ってしまうのか。わしだけ居残って、芋飯を食えと言うのか！」

ハナコと娘たちがどやどやと出て行くと、がらんとした茶の間に、退潮に乗りそこねたカレイみたいに、三吉ひとりがぽつねんと残された。

「ああ」

三吉はうめき声を洩らして、チャブ台ににじり寄った。戦争末期の日本軍部のように、皆から見離された恰好であるが、それでも三吉は最後の力をしぼり、虚勢を張ってつぶやいた。

「負けないぞ。わしは負けないぞ」

チャブ台の白布をとり、三吉は自分の茶碗に芋飯をこてこてと盛り上げた。熱い番茶をぶっかけると、ごそごそとかっこみ始めた。ひとりで食べる芋飯は、まるで砂利みたいに味がなかった。

その時、玄関の扉が開かれ、案内を乞う声がした。

「ごめん下さい。猿沢さん、いらっしゃいますか」

「おう」

三吉は箸を置き、ふらふらと廊下を歩いた。玄関に立っているのは、泉竜之助であった。

「おお。竜之助君か。何か用事か」

三吉はわざとぶすっとした声を出した。

「降服使節としてやって来たのか。まあ上がれ」

「上がらせていただきます」

竜之助は靴を脱ぎ、三吉のあとにつづいて、あちこちを見回しながら、茶の間に入った。

「おじさんひとりですか。皆さんは？」

「うん。ちょっとそこらに出かけた」

三吉は渋面をつくって答えた。自分にそむいて珍満に出かけたとは言えないのである。

「まあそこに坐れ」

「おお。おじさんとこの食事も、ずいぶんしけて、いや倹約してますなあ」

茶碗の芋飯を眺めて、竜之助は感にたえた声を発した。

「うちは麦飯にメザシだけど、おじさんとこはさらに徹底してますねえ」

「あたり前だ。このくらい徹底しなければ、とても長期戦には勝てない」

三吉はうまそうに、芋飯をひとかき、かっこんで見せた。

「わしんちの三吉湯は、四円に値下げしても、まだやっていけるんだぞ。時に君は昼飯を食ったか。なんならわしと一緒に、この芋飯を――」

「いえいえ。結構です」

竜之助はあわてて辞退した。

「おばさんもお嬢さんたちも、芋飯は――」

「喜んで食べとる！」

三吉は声を大にした。

「時に、君のおやじは、いや、おやじさんは、話に聞くと、すっかり前非を悔いてるそうではないか」

「そ、そのことにつきまして――」

竜之助は膝を乗り出した。

「前非を悔いてもおりますし、こういうつまらない競争は、お互いの損だと――」

「それはわしも近頃、痛感している」

三吉はおおように受けた。

「うちのお父さんが言うには、三吉おじさんはいい人物である。将棋こそからっ下手だが、人物としては見上げたところがあると」

「な、なに？」

三吉は肩をそびやかした。

「将棋がからっ下手だと？」


「いえいえ。文字通りのからっ下手じゃないが」

反応の大きいのにおどろいて、竜之助はあわてて訂正した。

「あまり上手ではないと――」

「同じようなことだ」

三吉はぶすっとさえぎった。

「わしのような好人物と、競争する非を恵之助が悟ったと、こういうわけだな」

「そうです。そうです」

竜之助は急いで合点合点をした。

「お互いに湯銭を十五円に戻し、生活水準を復帰させたい。メザシや芋飯は止めにして、食べたけりゃマグロのトロでも、スブタでもフヨウハイでも――」

「なに？」

「いや、たとえばという話ですよ。うまいものを食べて、精力を回復し、将棋の百番勝負でも指したいと――」

「うん。わしだって、将棋は指したい」

「そしてあの新築中の建物ですな」

やっと竜之助は本題に入った。

「あれの建築資金の半分を、自分が持ちたいと、こうおやじが言ってるんですよ」

「半分持つ？」

なかばいぶかしげに、なかば嬉しげに、三吉は反問した。

「それはありがたい、いや、半分ありがたいけれど、それでどうするつもりなんだね？」

「風呂屋は止めにして、劇場にしようと言うんですよ。名前も、三吉《さんきち》劇場じゃおかしいから、三吉《みよし》劇場ということに――」

「勝手にきめられてたまるか！」

三吉は眉をぐいと吊り上げた。

「恵之助がそんな身勝手なことをきめたのか」

「いいえ。お父さんじゃありません、ぼくたちが――」

「ぼくたち？　君と他に誰だ？」

「ぼくや陣太郎さんなんかです」

竜之助は覚悟をきめて坐り直した。

「あれを風呂屋にされては、うちのおやじの立つ瀬はないんですよ。だからどうしても、果てしない泥仕合となる。そして飛ばっちりが僕らにかかって、僕はメザシに泣き、一ちゃんは芋飯に泣くという大悲劇が――」

「一子のことなら余計なお世話だ」

三吉はそっけなくきめつけた。

「新築について、君らの指図は受けん！」

「では、仕方ありません。泉湯でもクイズをやりますよ。泉グラム」

「勝手にやればいいだろう」

「いいですか。そんなことを言って」

竜之助は内ポケットから、一枚の紙片をまさぐり出し、三吉につきつけた。

「これですよ！」

「なんだと？」

三吉は眼を据えてそれを読んだ。
□□□は□を□っている　その□を真□子という　□太郎
「こ、これは誰がつくった？」

三吉は顔色を変えた。

「陣太郎さんです」

「ああ。あの陣太郎のやつめ！　あれほど尽くしてやったのに、最後のどたん場で、このわしを裏切りやがったな！」

全身を怒りでわなわな慄わせながら、三吉はすっくと立ち上がった。いそがしく身支度をととのえた。

「もう許してはおけぬ。わしは今から富士見アパートに行って、陣太郎のやつを徹底的にとっちめてやる！」

加納邸の電話がぎしぎしと鳴り渡った。それっとばかり加納明治は受話器に飛びついた。

「もしもし、塙女史か。どうだった？」

加納の顔にはほのぼのと血の気が上がった。

「そうか。やっぱりインチキか。なに、家令の件も、全然でたらめだって？　とんでもない野郎だ」

加納の声はおのずから高くなった。根も葉もないことをタネに、前後二回で十五万円を持って行かれたのであるから、声が高くなるのも無理はない。

「よろしい。話は判った。僕は今からすぐ富士見アパートに行く。陣太郎のやつを徹底的にとっちめてやるぞ。うん。では後ほど」

がちゃんと受話器をかけると、加納は両手を前に構えて、拳闘の真似ごとをした。万一に備えてのトレイニングのつもりなのであろう。

「ちくしょうめ！」

加納は小走りに書斎にかけ込み、手早く洋服に着換えた。玄関を出てギャレージに直行、自動車に乗り込んだ。

大風の中を、加納の自動車は走り出した。

一方猿沢三吉は、泉竜之助を自宅に置き放して、これまた自動車を引き出し、大風の街を疾走した。

富士見アパートの玄関前に、オート三輪が一台とまっていた。真知子の荷物の積み込みはすでに完了、やがて玄関からのそのそと、陣太郎がリュックサックをぶら下げて出て来た。

「どうする？」

陣太郎は真知子をかえり見た。

「電車で行くか。それともこれに乗り込んで行くか」

「そうね」

真知子は空を仰いだ。空にはねじくれた形の雲が、いくつもいくつも風に乗って飛んでいる。

「風が強いようだけど、大丈夫よ。これに乗って行きましょうよ」

「そういうことにするか」

陣太郎はリュックサックを放り上げ、エイヤッと荷台に飛び上がった。真知子が下から手をさし伸べた。

「手を引いて」

陣太郎の手を借りて、真知子も荷台に這い上がった。

「ここに住んだのは短い間だったけど」

荷台上でアパートをふり返り、髪のほつれを直しながら、真知子がしみじみと言った。

「ちょっと名残惜しい感じがするわね」

「今から強く生きて行こうと言うのに」

陣太郎はたしなめた。

「あまりセンチメンタルになるんじゃないよ」

中年女のアパート管理人が、二人を見送りに、玄関から出てきた。その管理人に陣太郎は声をかけた。

「誰かおれを訪ねてきたらね、二階のおれの部屋に案内してください。扉に訣別の文章を貼っておいたから」

「そうですか」

管理人は合点合点をした。

それを合図に、オート三輪は動き始めた。

風を避けるために、陣太郎と真知子は、荷台の上で、抱き合うようにしてうずくまった。

オート三輪の姿は、風の中をやがて小さくなり、見えなくなった。


陣太郎、真知子を乗せたオート三輪が、姿を消して間もなく、同番号の小型自動車が二台前後して、富士見アパートの横丁にすべり込んできた。

相並ぶように停車すると、前の車からは加納明治が、後の車からは猿沢三吉が、それぞれ運転台からころがり出てきた。

出たとたんに空風が吹きつけてきて、三吉の方は栄養不足であるからして、不覚にもよろよろと二、三歩よろめいた。

二人は先をあらそうようにして、富士見アパートの玄関に入った。管理人が出て来た。

「松平、陣太郎はいますか？」

加納が険しい声で言った。

「上がってもよろしいか」

「松平さんはお引越しになりましたよ」

「引越した？」

傍から三吉が怒鳴り声を出した。

「いつ？」

「今さっき。五分ほど前に」

「引越し先はどこだ？」

今度は加納が怒鳴った。

「どこだともおっしゃいませんでした」

二人の剣幕がすさまじいので、管理人はたじたじと後退りした。

「さきほど、オート三輪で、西尾真知子さんと一緒に――」

「なに。真知子も一緒だと？」

三吉は頭髪をかきむしった。

「ちくしょうめ。やりやがったな」

「お別れの文章が――」

管理人は二階の方を指差した。

「松平さんの部屋の扉に貼ってありますよ」

二人はそれを聞くと、また先を争うようにして、階段をかけ登った。

便所の傍の扉に、例の『陣内陣太郎用箋』の一枚が、鋲でとめてあった。陣太郎の筆跡で、こう書いてあった。


おれたちは今回考えるところあり、富士見アパートを立去り、よそで新しい生活を始めることにしました。短い間のご交情を感謝します。陣太郎・真知子

「ちくしょうめ!」

「あの悪者め!」

憤怒の言葉が同時に、両者の唇から洩れ出た。そしてそのことにびっくりしたように、二人は顔を見わせた。

「あ、あんたも被害者ですか?」

三吉が忌々しそうに口を開いた。

「そうですよ」

加納はじだんだを踏みながら、扉から紙片をひったくり、ぐしゃぐしゃに丸めて廊下に落と

し、足で踏みつけた。

「ああ、腹が立つ。こうでもしなきゃ、腹がおさまらないぞ」

「わしにも踏ませてくれえ。わしにも踏む権利がある！」

加納にかわって、今度は三吉の足がそれを踏みつけた。紙片はさんざん踏まれて、平たくぺしゃんこになってしまった。

踏むだけ踏んでしまうと、二人はキツネがおちたような呆然たる面もちになり、相手の顔を眺め合った。

「どういう被害を受けられたのか存じませんが――」

自嘲の笑いと共に加納は言った。

「あんなチンピラにしてやられるなんて、お互いにあまり利口じゃなかったようですな」

「そうですなあ」

三吉も憮然《ぶぜん》として賛成した。

「全くわしはバカでしたよ」

加納明治と猿沢三吉は、ぐったりとくたびれた表情で、富士見アパートから風の街に出て来た。横丁へよろめき歩いた。

「おや」

三吉の自動車の前で加納は足をとめた。

「あなたの車の番号も三・一三一〇七ですな。ふしぎなこともあればあるものだ」

「なるほど」

加納の車の方に三吉も眼を見張った。

「ほんとだ。そっくり同番号だ。三・一三一〇七。佳人の奇遇というわけですかな」

よせばいいのに三吉はまた妙な言葉を使用した。

「では」

「では」

具合悪そうにぺこりと頭を下げ合うと、二人はそそくさとめいめいの車にうち乗った。一刻も早くここを離れたい風情で、それぞれ勝手な方向にハンドルを切り、勝手な方向をさして走り去った。風はその二つの自動車の上をぼうぼうと吹いた。

「ああ」

建てかけの三吉湯の方角に、車を急がせながら、三吉はうめいた。大風で材木や板が飛ばされはしないか。その心配もあったが、陣太郎ごときに真知子を奪い去られたのが、かなしく口惜しく、心外なのであった。

「ああ。わしはもう妾《めかけ》を囲うのは、生涯やめることにしよう」

建ちかけ三吉湯の前には、泉恵之助が長身をステッキで支えて、梁《はり》や骨組をぼんやりと見上げていた。前日竜之助に宣言したごとく、痩身を鞭打って、進行状態を観察に来たのであろう。その十メートルほど手前で、おんぼろ自動車は停止し、中から三吉がごそごそと這い出てきた。

「………」

「………」

両老人は同時に相手の存在に気が付き、ぎょっとしたように身体を固くして、無言で路上に相対した。

むくんでやつれた三吉の姿を、恵之助は凝然《ぎょうぜん》と見守った。痩せ細ってひょろひょろの恵之助の姿を、三吉は凝然と見守った。この数か月でめっきり老い込んだ旧友の姿を、両老人ははっきりと見守って、確認し合った。風がそこらを騒然と吹き荒れた。

怒りともつかぬ、かなしみともつかぬ、あわれみともつかぬ、不思議な激情が、同時に両老人の胸の中にも吹き荒れた。三吉は思わず一歩を踏み出した。

同時に恵之助も一歩を踏み出しながら、将棋の駒をひょいと突き出す手付きをして見せた。

「どうだ。やるか?」

「なに」

三吉は肩をぐいとそびやかした。

「やるとは何だ。からっ下手のくせに!」

「なんだと?」

恵之助はステッキでぐいと地をこづいた。

「からっ下手とは何だ。この間も負けたくせに！」

「あれは怪我負けだ！」

三吉は怒鳴り返した。

「じゃあ今度は、五百番勝負といこう。五百番だぞ！」

「五百番でも、千番でも、やってやるわい」

恵之助もわめいた。

「そのかわり、負けたら、手をついてあやまるんだぞ！」


半年たった。

泉恵之助と猿沢三吉が、あの大風の日に、将棋の挑戦にかこつけて、妙な形の仲直りをして以来、新築の方は突貫工事で完成、三吉《みよし》劇場の看板がたかだかとかかげられた。もちろん恵之助の出資もあるから、三吉と恵之助の共同経営である。

共同経営とは言うものの、実務はもっぱら浅利圭介支配人が掌握、貸劇場として、毎月確実な黒字を出しているそうである。

圭介も銭湯の支配人から劇場の支配人に昇格したのだから、当人も身を入れて働き、また妻のランコも満足している風で、近頃は圭介のことを『おっさん』呼ばわりはしなくなった。そこで圭介も『おばはん』呼ばわりを中止した。息子の圭一は相変らず元気で毎日小学校に通っている。

三吉湯も泉湯も、大風の翌日から、湯銭は十五円に復旧した。

おかげで三吉も恵之助も、つまらぬことで心を労することがなくなり、毎日毎日相手の家を訪ねて将棋ばかり指している。仲直り以来、千数百盤を指したが、成績はほとんど指し分けである。そんなに数多く指しても、両者の棋力はいっこうに向上のきざしはない。相変らず王手飛車で飛車が逃げたり、せっぱつまって王様が盤から飛び降りて逃げたり、そんなことばかりしている。

加納明治はあれ以来、塙女史にすっかり頭が上がらなくなり、塙女史の言うままの理想的生活をつづけている。その結果、とうとう小説が書けなくなり、近頃ではせっぱつまって児童ものに転向、これは案外好調で、次期の児童文学賞の有力候補の一人に目されている。

仲直り以来、両家の食糧事情はぐっと好転、泉家ではメザシが姿を消し、猿沢家からは芋飯が姿を消した。両家の家族たちの栄養失調状態も大変に良くなった。

竜之助と一子の恋愛はどうなったかと言うと、これがふしぎなもので、おやじたちが仲直りしたとたんに、すっと冷却してしまったようである。

思うに、竜之助と一子の恋愛は、父親たちの無理解な圧迫という特殊な条件のもとで、フエーン現象みたいなものが起き、それでパッと燃え上がったのであるから、その条件が取り除かれると、自然と冷却におもむいたものに違いない。

二人ともキツネが落ちたような按配で、一子は一子で、

「あんな背高ノッポは、あたしに似合わないわ」

と言っているし、竜之助は竜之助で、

「あんなチンピラ小娘、僕の趣味に合わぬ」

と公言している始末で、もうふたたびお互いに燃えるおそれはないと見ていいだろう。

栄養失調から回復すべく、一子と二美はせっせと食べ、美容体操にいそしみ、竜之助もせっせと食べ、ボディビルにいそしんでいたが、いそしみ過ぎて竜之助は若干胸を悪くして、只今は清瀬の療養所に入っている。

上風タクシー会社は、その後も毎日のごとく、所属運転手が人を轢き殺したり、はね飛ばしたりしたので、弔慰金支出増大のため、とうとうつぶれた。上風徳行社長は今では、生命保険の外交員になって、毎日てくてくと勧誘に歩いている。三吉も義理で一口入らせられた。

陣太郎、真知子の消息は、その後杳《よう》として知れない。

P+D BOOKS ラインアップ

大陸の細道	木山捷平	● 世渡り下手な中年作家の満州での苦闘を描く
変容	伊藤 整	● 老年の性に正面から取り組んだ傑作長編
つむじ風（上）	梅崎春生	● 梅崎春生のユーモア小説。後に渥美清で映画化
つむじ風（下）	梅崎春生	● 陣太郎は引き逃げした犯人を突き止めたが…
淡雪	川崎長太郎	● 私小説家の〝いぶし銀〟の魅力に満ちた9編
暗い流れ	和田芳恵	● 性の欲望に衝き動かされた青春の日々を綴る

P+D BOOKS ラインアップ

なぎの葉考・しあわせ	野口冨士男	●一会の女性たちとの再訪の旅に出かけた筆者
金環蝕（上）	石川達三	●野望と欲に取り憑かれた人々を描いた問題作
金環蝕（下）	石川達三	●電力会社総裁交代により汚職構図が完成する
孤絶	芹沢光治良	●結核を患った主人公は生の熱情を文学に託す
サムライの末裔	芹沢光治良	●被爆者の人生を辿り仏訳もされた〝魂の告発〟
貝がらと海の音	庄野潤三	●金婚式間近の老夫婦の穏やかな日々を描く

P+D BOOKS ラインアップ

東京セブンローズ（上）	井上ひさし	● 戦時下の市井の人々の暮らしを日記風に綴る
東京セブンローズ（下）	井上ひさし	● 占領軍による日本語ローマ字化計画があった
天上の花・蕁麻の家	萩原葉子	● 萩原朔太郎の娘が描く鮮烈なる代表作２篇
海軍	獅子文六	● 「軍神」をモデルに描いた海軍青春群像劇
若い人（上）	石坂洋次郎	● 若き男女の三角関係を描いた〝青春文学〟の秀作
若い人（下）	石坂洋次郎	● 教師と女学生の愛の軌跡を描いた秀作後篇

P+D BOOKS ラインアップ

終わりからの旅（上）
辻井 喬
● 異母兄弟の葛藤を軸に、戦後史を掘り下げた大作

終わりからの旅（下）
辻井 喬
● 異母兄弟は「失われた女性」を求める旅へ

ある女の遠景
舟橋聖一
● 時空を隔てた三人の女を巡る官能美の世界

怒りの子
高橋たか子
● 三人の女性の緊迫した〝心理劇〟は破局の道へ

三つの嶺
新田次郎
● 三人の男女を通して登山と愛との関係を描く

伸予
高橋揆一郎
● 未亡人と元教え子との30年振りの恋を描く

（お断り）

本書は1957年に角川書店より発刊された単行本を底本としております。

あきらかに間違いと思われるものについては訂正いたしましたが、基本的には底本にしたがっております。また、一部の固有名詞や難読漢字には編集部で振り仮名を振っています。

本文中には女中、メカケ、家令、家扶、家従、情夫、ツンボ、妾腹、二号、女秘書、小女、女給などの言葉や人種・身分・職業・身体等に関する表現で、現在からみれば、不当、不適切と思われる箇所がありますが、著者に差別的意図のないこと、時代背景と作品価値とを鑑み、著者が故人でもあるため、原文のままにしております。

差別や侮蔑の助長、温存を意図するものでないことをご理解ください。

梅崎 春生（うめざき はるお）
1915年（大正4年）2月15日―1965年（昭和40年）7月19日、享年50。福岡県出身。1954年『ボロ家の春秋』で第32回直木賞を受賞。代表作に『幻化』『砂時計』など。

P+D BOOKS とは

P+D BOOKS（ピー プラス ディー ブックス）とは
P+Dとはペーパーバックとデジタルの略称です。
後世に受け継がれるべき名作でありながら、現在入手困難となっている作品を、
B6判ペーパーバック書籍と電子書籍を、同時かつ同価格で発売・発信する、
小学館のまったく新しいスタイルのブックレーベルです。

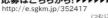

つむじ風（下）

2021年6月15日　　初版第1刷発行

著者　梅崎春生
発行人　飯田昌宏
発行所　株式会社　小学館
〒101-8001
東京都千代田区一ツ橋2-3-1
電話　編集　03-3230-9355
販売　03-5281-3555
印刷所　大日本印刷株式会社
製本所　大日本印刷株式会社
装丁　おおうちおさむ（ナノナノグラフィックス）

2021 Printed in Japan
ISBN978-4-09-352417-9

P+D BOOKS